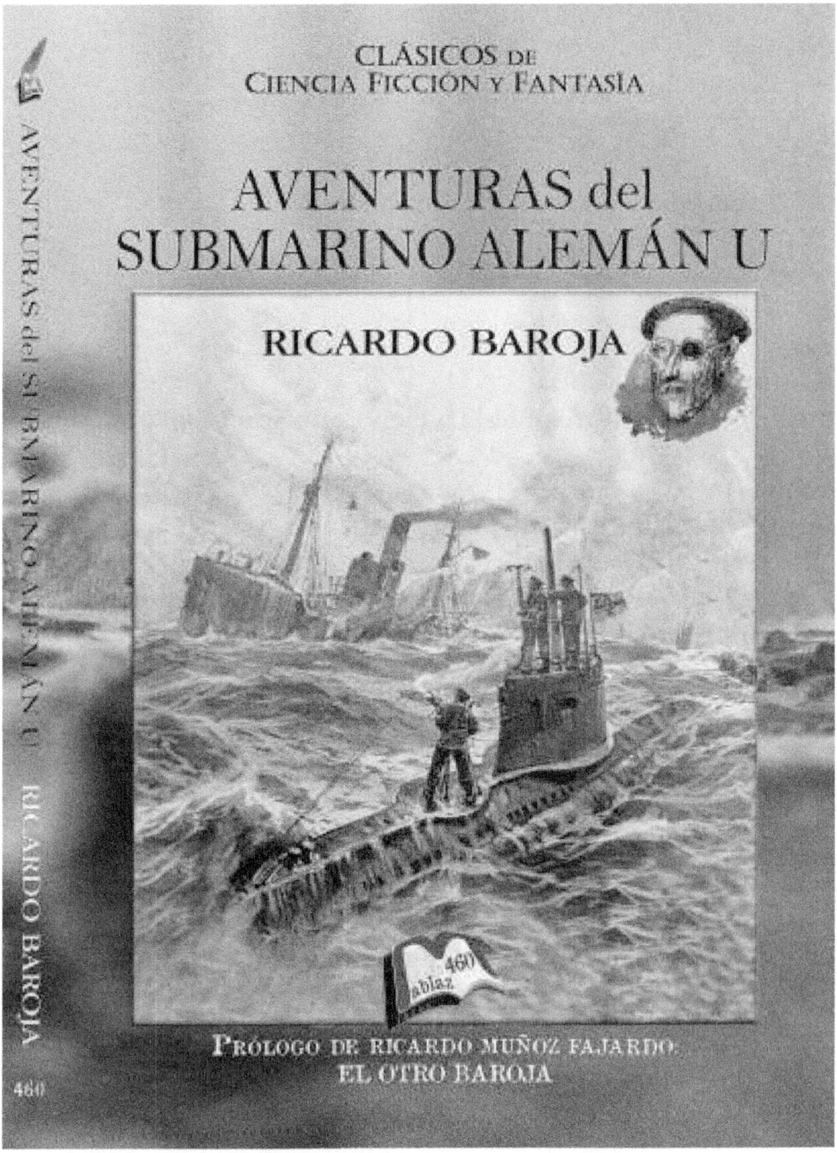
CLÁSICOS DE
CIENCIA FICCIÓN Y FANTASÍA
AVENTURAS del
SUBMARINO ALEMÁN U
RICARDO BAROJA
PRÓLOGO DE RICARDO MUÑOZ FAJARDO:
EL OTRO BAROJA
AVENTURAS del SUBMARINO ALEMÁN U RICARDO BAROJA
460

Ciencia Ficción y Fantasía - 181

*Aventuras del submarino alemán* U
Primera Edición, abril de 2026


© Libros Mablaz, Madrid


© De esta edición, Libros Mablaz, Madrid


blogs:
Editorial Libros Mablaz
**http://editoriallibrosmablazycienciaficcion.blogspot.com.es/**
Ciencia ficción y fantasía en Libros Mablaz:
**http://mablazlibros.blogspot.com.es/**
Librería en Todocolección:
**https://www.todocoleccion.net/s/catalogo?identificadorvendedor=LibrosMablaz**


Diseño de cubiertas: Mari Carmen López

ISBN: 979-13-991844-5-7
Depósito Legal: M-7950-2026

LIBROS MABLAZ - 460

# Aventuras del submarino alemán U

Narración de un viaje en sumergible por el
Mediterráneo y el Atlántico

# Ricardo Baroja

# Prólogo: El otro Baroja

Ricardo Baroja (1871-1953), hermano un año mayor de Pío Baroja, fue un pintor, grabador y literato español.

Antes que nada fue pintor. En el desempeño de este arte ilustró varias obras de su hermano Pío y sus cuadros fueron presentados en diversas expediciones, donde llegó a ser premiado.

Hasta que en el año 1928 sufrió un accidente que le hizo perder un ojo, lo que motivó que dejara temporalmente la pintura para dedicarse plenamente a la literatura, en donde ya había hecho sus escarceos.

La primera obra que escribió fue *Aventuras del submarino alemán U* (1917), una novela de aventuras en la que emplea el recurso de la serendipia, esto es, el encuentro de un texto de otro que cuenta lo que le ocurrió en un momento determinado y que el descubridor decide publicar.

La novela, porque en realidad no es otra cosa, es de muy difícil catalogación en un género determinado. Hay quienes opinan que es una obra de aventuras, otros añaden que tiene el toque fantástico de imaginar el viaje, por supuesto creado por el autor, por el mar Mediterráneo y el océano Atlántico, a bordo de un submarino, durante la Primera Guerra Mundial. La historia sigue a un español embarcado en un sumergible, tras el hundimiento del barco donde viajaba, en una trama vertiginosa y muy poco habitual a bordo de un submarino alemán U.

Antes del accidente también publicó *El pedigree* (1926), una obra de teatro ambientada en el futuro, cuando la civilización ha alcanzado un alto grado de desarrollo tecnológico, sobre todo en lo referente a la mejora de la especie. Han dejado de existir los sentimientos, el amor, el patriotismo, las religiones, la industria, el arte y el dinero. A partir de aquí, se desarrolla una comedia con mucho sentido crítico hacia el estado de las cosas en la sociedad que el mayor de los Baroja está viviendo.

*La farsa de los tres ganchos* (1928) es también una obra teatral, breve en este caso, de un tono burlesco y popular.

*El patio de los sueños* (hacia 1930), también una pieza de teatro, un drama de carácter simbolista y fantástico que explora los anhelos y desilusiones humanas.

En 1935 su obra *La nao Capitana* obtuvo el Premio Nacional de Literatura. Se trata de una novela de aventuras marítimas en el siglo XVII sobre la dureza de la vida a bordo de un galeón

Volvió temporalmente a la pintura para ganarse el pan durante el transcurso de la Guerra Civil. Suya fue la *Serie de la Guerra*. Tras la victoria franquista permaneció en España, a pesar de su ideología republicana.

Retomó la escritura y publicó en 1940 *La tribu del halcón*, relato alegórico ambientado en la prehistoria que satiriza los conflictos ideológicos modernos y *El coleccionista de relámpagos*, narración fantástica sobre un hombre obsesionado con capturar la belleza efímera de los rayos.

*Bienandanzas y fortunas, Pasan y se van*

(1941), colección de estampas y relatos que mezclan la crónica histórica con lo legendario.

*Pueblo lejano* (1942), novela costumbrista que retrata la vida y tipos curiosos de la España rural.

De este último año es *El Dorado*, novela de aventuras que narra la búsqueda mítica de la ciudad de oro con tintes de misterio.

*Los dos hermanos piratas* (1944), ganadora del Premio Cervantes cuando este galardón era diferente al que se entrega la actualidad, cuya trama se centra en la rivalidad entre dos piratas en alta mar.

*La voz del pasado* (hacia 1945), vuelta del autor al Teatro. Se trata de un drama sobre los secretos y la herencia familiar.

Otras obras que se suponen que fueron creaciones suyas, de las que solo se tienen referencias y que, por tanto, están perdidas, serían: *Piquín: juguete cómico ligero, El mundo es ansí* y *La leyenda de Juan de Alzate*, adaptaciones de obras de su hermano Pío para el teatro; *La dama de los tres dragones*, obra de fantasía teatral desaparecida en la guerra; y *Los rebeldes*, que es un proyecto de novela sobre el anarquismo que quedó inédito o perdido.

No se conocen los años de publicación o representación de estas últimas obras citadas y, siendo ambiguo, se podría decir de ellas que se escribieron entre los años treinta y cuarenta del siglo pasado.

Ricardo Muñoz Fajardo

# Aventuras

# del Submarino
# alemán U...

RAFAEL CARO RAGGIO: EDITOR
Calle de Ventura Rodríguez, 18
1917

Cubierta de la primera y única edición de 1917

La relación anónima de este viaje ha llegado a mis manos de una manera tan misteriosa que no puedo sospechar quién es su autor.

Las cuartillas estaban a máquina y en ellas no había indicación alguna que descubriera su procedencia.

Las cuartillas iban acompañadas de los dibujos que ilustran el texto.

No respondo de la veracidad de la extraordinaria relación, me limito a publicarla.

J. G. N.

# A MODO DE PRÓLOGO

Probablemente soy el único español que ha recorrido más de mil millas marítimas en un submarino, después de romperse las hostilidades entre los imperios centrales y la cuádruple alianza.

En la relación que sigue va un diario de navegación, bastante mutilado por dos causas. Primera, porque, antes de desembarcar del submarino, el capitán Von H marcó con un lápiz rojo en mi manuscrito todo lo que él creía que no convenía a su país: detalles de construcción y maquinaria, organización, medios de ataque y de defensa. No borró el capitán completamente lo escrito por mí; pero me exigió palabra de honor de que la impresión de mi viaje no había de hacerse sin que en las oficinas del Almirantazgo alemán me dieran permiso de publicación.

En el Almirantazgo tuvieron a bien mantener todas las tachaduras de Von H y aumentarlas con algunas más.

Así pues, no tengo más remedio que dar a la prensa esta relación incompleta.

Algunas veces, he pensado no hacer caso de tales mutilaciones y publicar íntegro el relato de mis impresiones durante tan extraordinario viaje; pero me han aconsejado amigos a quienes respeto que mi obligación primera es corresponder a la caballerosidad alemana con la mía.

Sin embargo, yo no puedo comprender el porqué de tanta reserva. El Almirantazgo alemán, que tan enorme paso ha dado en la construcción y empleo eficaz de los submarinos, puede estar seguro de que los enemigos, es decir, ingleses y franceses, tardarán mucho tiempo en ponerse a su altura, y la guerra terminará probablemente antes de que pueda un submarino aliado verificar las estupendas hazañas que he visto realizar con mis propios ojos al sumergible U...

No ya la construcción de los submarinos ingleses y franceses no competirá con la de los alemanes, sino que el elemento primordial, la tripulación, no podrá estar entrenada hasta el punto que lo están ya las tripulaciones alemanas. En esta relación, se habla de torpedos, cañones y bombas, se hace una descripción del periscopio; pero, precisamente en estos detalles es donde el capitán Von H y los oficinistas del Almirantazgo han estado más crueles con mi manuscrito, y en donde el lápiz de la censura ha borrado líneas y líneas sin compasión.

Otra de las cosas que ha tachado son las fechas de mi diario, así como los nombres de algunos barcos que fueron torpedeados o echados a pique con bombas en mi presencia. En cambio, han dejado íntegras las descripciones de esos barcos. No me parece que esto dice muy bien de la sagacidad alemana, porque de las descripciones mías pueden colegirse a qué barco me refiero y saberse a punto fijo el día y hasta el momento en que el submarino se encontraba en determinado sitio del mar.

En una palabra, a mi relación le han dejado toda la parte que pudiéramos llamar novelesca y subjetiva y han tachado, en cambio, lo que tenía de documentada y de objetiva.

# I

## EN EL PAILEBOT «A. M.», DE LA MATRÍCULA DE LIORNA

A principios del año de 1916, mi familia me envió a Italia. Se trataba de saber si el Gobierno italiano necesitaba ferretería: herraduras, clavos, alambre de espino, flejes, o cualquier otra clase de hierro o acero, elaborado o en lingote. Con este objeto fui a Roma.

Después de mil andanzas, visitas y conciliábulos con los proveedores del ejército italiano, que no son para relatar, resultó que los precios a los que yo podía ponerles el hierro eran superiores a los que los ingleses y franceses, pero sobre todo los yanquis ofrecían.

Yo no podía comprender tal cosa; me devanaba los sesos pensando en semejante anomalía, hasta que un paisano español me sacó de mis preocupaciones al decirme que los italianos no querían comprar hierro mas que a sus aliados.

—¿Y cómo se lo compran a los americanos? —pregunté yo.

—Se lo compran porque creen que los americanos del norte entrarán a luchar contra los alemanes y los austríacos antes de un año.

Yo, maldito si entiendo una palabra de política internacional, con lo que me dijo mi paisano quedé convencido y hasta contento.

—Ojalá les den una paliza a los yanquis —me dije—, que nos venguen a los españoles de las charranadas que nos hicieron en Filipinas y en Cuba.

Esta reflexión consolaba mi patriotismo; pero no resolvía nada la parte comercial de

mi estancia en Italia. Así que me decidí a abandonar el país de los *macarroni*, no sin echarles alguna maldición en mi interior.

Fui a Liorna y me embarqué en el pailebot «A. M.» de la matrícula de aquel puerto.

El pailebot, de tres palos, era un barco viejo de madera carcomida, que más navegaba de lado que hacia adelante. Cargaba vino para Marsella, aceite y petróleo para Tolón, y llevaba una tripulación de sinvergüenzas de lo más sucio y harapiento que pueda darse.

En la bodega, en el puente, en los cuchitriles que tenían el pomposo nombre de camarotes, no se podía vivir por las cucarachas. Se las encontraba en todas partes, desde la sopa hasta el tope del palo mayor.

El capitán era un napolitano barbudo y vedijoso, verde, con cara de tísico o de enfermo del hígado. El contramaestre, tipejo asqueroso, medio francés, medio maltés, medio argelino, y los demás eran golfos de Nápoles o de Génova, con más pinta de zapateros de viejo que de hombres de mar. Eran supersticiosos y tenían un miedo terrible a los submarinos alemanes. Pero, cosa extraña, al mismo tiempo deseaban encontrar algún barco francés que estuviera ardiendo. Aquellos condenados marineros, con el capitán a la cabeza, pasaban el día asomados a la borda registrando el horizonte; el capitán con un catalejo y los marineros con sus ojos foscos y negros como sus intenciones.

Para colmo de desdichas, y para hacer que el pánico de aquellos facinerosos fuera mayor, al armador del buque se le había ocurrido la idea de poner en la proa del pailebot un cañón, una especie de ametralladora. En cuanto nos encontrábamos en alta mar, se trató de probar el arma y resultó que no servía para nada o no sabían manejarla.

—*¡Per Dio!* —decía el contramaestre—. *La tua matre.*

Tratando de dar vuelta a una manivela para que entrara en el arma una especie de canana de lona llena de cartuchos.

—*¡Per Dio maladeta!*

Pero ca; los cartuchos no encajaban en la ranura por donde tenían que pasar.

Entonces, el capitán mandó desmontar el cañón y lo metieron en la bodega.

El capitán sabía que los cartuchos no eran del calibre del cañón y tenía muchas ganas de que el arma desapareciera de la proa. Me lo confesó así, delante de un frasco de vino toscano.

—Esta maldita arma nos compromete. Si encontramos a uno de esos canallas de submarinos y ve que vamos armados, nos echa a pique con tripulación y todo.

Estuvimos navegando con rumbo a Marsella cuatro días. Pasaron a nuestro lado barcos ingleses y torpederos franceses. Los condenados marineros del pailebot, en cuanto los veían, gritaban:

—¡Andad, a ver si os dan un estacazo! —y se reían enseñando sus dientes negros de mascar tabaco.

Un día, ya frente a las costas de Marsella, vimos una gran humareda. Parecía inmóvil en el horizonte. Debía ser algún barco que estaba ardiendo.

El capitán dijo que no merecía la pena enterarse de qué era aquello; y que si a algún barco le había ocurrido una desgracia, que se fastidiara y que saliera de ella como pudiera.

—Yo lo que quiero es llegar cuanto antes a Marsella.

Pero el timonel, que era un truhan amigo de fastidiarlo todo, mientras el capitán iba a su camarote, a echarse entre pecho y espalda unos cuantos tragos para aliviar el miedo, puso proa hacia la humareda, y el pailebot se fue acercando poco a poco a lo que parecía el incendio de una embarcación o cosa así.

Llegamos a pocas millas de distancia, y vimos una gran goleta o fragatón de esos que vienen de la India que ardía como un brulote.

Nos acercamos más; se oían los estallidos que sonaban en el interior del casco incendiado, y grandes llamaradas azules y rojas salían del buque. Olía a alquitrán, a petróleo, y sobre todo a azufre. Olor a pajuela que nos hacía estornudar. A lo lejos, entre el barco incendiado y la costa, se veían dos o tres botes que remaban desesperadamente en demanda de tierra y, hacia el lado de Oriente, un par de copos de humo negro que se iban agrandando por momentos. Indicaban que dos buques de vapor se acercaban forzado máquina. Todos los tripulantes del pailebot estaban mirando el incendio; hacían sus chistes correspondientes a costa del pobre barco; pero en el fondo tenían su poco miedo. Temían que aquel siniestro fuera obra de algún submarino que merodeara en las cercanías.

La noche se iba cerrando, una bruma espesa que venía del sur, se extendía sobre el mar, y el horizonte iba poco a poco oscureciéndose.

El oleaje era manso; largas olas de poca altura levantaban y bajaban nuestro buque con ritmo monótono.

Habíamos dejado por la banda el barco incendiado. El viento se llevaba la peste de petróleo y azufre hacia otra parte. Empezábamos a vislumbrar los faros de la costa y estábamos contentos. Habíamos salido ya del campo de operaciones de los submarinos alemanes y era muy difícil que nos atacaran en aguas jurisdiccionales francesas.

Yo me había sentado en una de las escalas de cuerda que suben a los palos y fumaba tranquilamente mi pipa cuando oí gritar:

—¡*Per Cristo!* ¡*Maladetto sia!* ¡Un submarino!

Al principio, en la dirección que señalaban en el mar, no vi más que una raya de espuma a unos kilómetros de nuestro buque. Después, vi que no era sólo una raya, sino dos, y que iban una detrás de otra.

En el extremo de cada una de aquellas rayas salió una cosa brillante y gris. Será risible;

pero de lo que me acordé al verlas fue de aquellos sombreros de copa grises que hace años llevaban los elegantes a las carreras de caballos. Después, los sombreros de copa salieron del agua en el extremo de dos tubos. Brotaron a la superficie, envueltas en espuma, varas de hierro, un asta con su correspondiente bandera, luego dos cañones, después una especie de púlpitos y, por fin, un cuerpo largo de un color, que a mí me pareció aluminio, salió entre los remolinos espumosos. Estábamos delante de un submarino.

## II

## EL ABORDAJE

Teníamos la esperanza de que el submarino fuera francés, inglés, o italiano. Bien pronto se nos fue la esperanza.

La bandera tenía los colores alemanes. Se abrió una compuerta en cada uno de los púlpitos del submarino, salieron por los boquetes unos cuantos hombres, fueron a los cañones y nos los enfilaron.

Los marineros del pailebot chillaban como gaviotas asustadas y agitaban los pañuelos en el aire.

¡Vaya unos pañuelos para tremolarlos como emblema de paz! Eran sucios y negros; como símbolos de porquería podían pasar.

Los alemanes no hicieron caso; brilló un fogonazo, estalló una detonación, y el bauprés del pailebot, roto, quedó colgando de unas cuerdas.

Nuestro capitán agitaba una sábana que había sacado de su camarote; pero nada; otro fogonazo, otra detonación, y el timón de nuestro buque fue hecho añicos.

Aquellos artilleros tenían una puntería terrible.

El submarino se puso a unos cincuenta metros de nosotros.

—Echad los botes y embarcaos —dijo una voz en italiano.

Nuestro capitán se hizo el sordo y me dijo:

—Tú, español, di que somos españoles.

—Yo no digo eso.

—Dilo, o, maldita sea..., te arrojo al mar.

—No lo digo.

—Echad los botes y embarcaos —sonó otra vez en el submarino.

—*¡Canne, parla tú brutta lingua!* —gritaba el capitán y se venía hacia mí con una pistola amartillada en la mano.

Yo, mientras me escurría entre unos fardos y agarraba la duela de un barril roto, pensé: «Este bruto me pega un tiro como no diga que el barco es español».

—Señores submarinos —vociferé con toda mi alma—, soy español.

—Echad los botes, y embarcad, que vamos a volar el buque —contestó desde el submarino la voz, en castellano correcto.

—Dicc que no hay más remedio, que hay que embarcar.

—¡Ah, ladrón! Habrás dicho que somos

italianos —gruñó el capitán y me apuntó con la pistola.

Yo le pegué con la duela en la muñeca, cayó la pistola sobre el puente y se disparó. Al mismo tiempo sonó una detonación en el submarino y sentí que una bala penetraba en el interior de nuestro barco y estallaba en la bodega.

—¡Maldito español!, te despellejaré vivo —gritaba el capitán, y se estrujaba la muñeca derecha con la mano izquierda.

Yo le había dado muy fuerte con la duela y le escocía el golpe.

—Echad los botes —gritó una voz en el puente del pailebot y aparecieron sobre la cubierta seis figuras extrañas, cubiertas con trajes de cuero brillante, parecían focas.

—¿Quién es el que ha hablado en castellano? —preguntó una de aquellas figuras.

—Servidor de usted —contesté.

—¿Cómo se encuentra usted en este buque italiano?

—En calidad de pasajero.

—¿Es este el pailebot «A. M.», que salió de Liorna con cargamento de vino, grasa y petróleo para Marsella y Tolón?

—El mismo.

—Lo sabíamos y le esperábamos aquí.

—Dispensadme, señor submarino, pero no creo que hayan dado parte a nadie, los armadores del buque, de nuestra salida de puerto.

Sonó una risa alegre debajo de la capucha de aquella foca parlante y luego, acercándose a un farol, leyó un papel que tenía en la mano.

—Pailebot «A. M.», Liorna, aceite, mineral y grasa. A las cinco de la tarde del día..., a la altura de..., repostaos de aceite y de petróleo, y hundid el barco.

—Veo que está usted perfectamente informado —dije yo.

—Perfectamente. ¿Por qué ha sonado ese tiro?

—El capitán quería disparar contra mí, porque me negué a decir que este barco es español.

—Aunque lo hubiera usted dicho, no se lo hubiéramos creído.

—Señor oficial —pregunté—. ¿Nos va usted a dejar abandonados en la chalupas?

—Sí, esa es la orden.

—Le advierto a usted, que en cuanto desaparezcan ustedes debajo del agua, voy a hacerles compañía.

¿Cómo?

—Sí, estos bandidos me quieren hacer una mala pasada. Le he dado un estacazo al capitán cuando iba a disparar contra mí. Ya sabe usted que estos italianos del sur son vengativos como diablos. Me echarán al agua. Eso es lo menos.

—No será así.

—No le quepa la menor duda. El capitán del pailebot más tiene de presidiario que de marino y furioso como está va a asesinarme. Durante la travesía, estos bárbaros me echaron en cara que los españoles no nos batíamos a favor de los aliados. Creo que al abandonarme usted en sus manos me condena a muerte.

—Pues es una complicación...

—¿Y yo no podría...? —pregunté balbuceando de miedo (luego diré por qué tenía miedo).

—¿Qué quiere usted decir?

—Si ustedes no podrían llevarme en el submarino o en una embarcación del submarino, hasta cerca de la costa francesa.

—No puede ser. Tenemos órdenes que cumplir inexorablemente.

Con esto, el hombre misterioso se apartó de mí, se acercó a la escotilla que estaba abierta y ordenó algo con voz enérgica.

Al poco tiempo empezaron a salir, colgados de cuerdas, barriles y más barriles que eran echados al mar y remolcados hasta el submarino.

Los italianos, mientras tanto, embarcaban en los botes y yo, como el alma de Garibay, sin decidirme a nada.

—Si me meto en las chalupas con estos bandidos, me tiran al mar; si me quedo en el pailebot, los alemanes me echan a pique, si me llevan en el submarino, me espera una travesía peligrosísima.

Esta era la única manera de salvar la existencia.

Estaba recapacitando sobre mi suerte, cuando sentí que me tocaban el hombro. ¿Era el hombre de antes, o era otro? Todos los del submarino parecían iguales.

—¿Qué, señor español, se ha decidido usted?

—Sí; no puedo ir con los italianos, porque se han marchado ya en los únicos botes que había; no puedo quedarme en el pailebot porque ustedes lo van a hundir; de modo que no me queda más recurso que acogerme en su submarino.

—Bueno, venga usted y veremos lo que dispone el comandante.

Los marineros italianos bogaron a toda prisa hacia la costa, las siluetas negras de sus botes se perdieron en la bruma.

Los alemanes concluyeron de sacar barriles de petróleo. El oficial vino hacia mí y me invitó a embarcarme en una lancha pequeña atracada al costado del pailebot.

Yo recogí a escape mi maleta, que como siempre aparecía cubierta de cucarachas, las sacudí deseándoles un feliz viaje hasta el fondo del Mediterráneo y me embarqué con aquellos seis hombres en el bote del submarino. Bogamos hasta el misterioso buque y, a los pocos instantes, me encontré sobre su cubierta de acero claveteado. Subí una escalerilla, me metí o mejor dicho, me metieron por un agujero redondo y me encontré en un pasillo de paredes blancas, iluminado por lámparas eléctricas.

El hombre que hablaba castellano se quitó su gorro y vi la cara sonriente de un alemanote joven.

—Señor español, voy a presentarle a usted al comandante.

—Vamos allá —me dije.

Seguí al alemán a lo largo del pasillo. Torcimos a la derecha y dimos en un aposento pequeño, blanco, con las paredes cubiertas por aparatos desconocidos para mí; unos parecían relojes, otros barómetros, había algunos que recordaban los niveles de agua de las máquinas de vapor, una brújula de forma extraña estaba encerrada en un caparazón de bronce. Todos los instrumentos brillantes, frotados con sidol. Lo noté en las manchitas blancas que vi en una manivela. No se crea que hago esta observación como reclamo, no, sólo para demostrar que poseo un espíritu de observador y, al mismo tiempo, así pruebo que en aquel instante conservaba mi presencia de ánimo. En el centro de la estancia había una mesa de tablero blanco, mate, cuadriculado y cruzado en diagonal por líneas negras que partían del centro del tablero e iban al borde, parecían las rayas que los chicos hacen para jugar a las tres en raya. Esperé en aquella misteriosa habitación.

El teniente vino con un hombre alto, pálido, con aspecto de italiano antiguo, su nariz era afilada, sus ojos grandes y hundidos, su boca se plegaba tristemente. Podía ser italiano, español, de cualquier nacionalidad; pero era descendiente de una antigua familia alemana. Era el comandante Von H.

El comandante y el teniente hablaron en

alemán. Como yo no lo entiendo, no sé lo que dijeron.

Cada cuatro palabras pronunciaban *ya, ya*.

—Ya, ya —repetía entre dientes al contemplar la cara impasible de aquel enigmático personaje—. Este me manda echar al agua y se queda tan fresco.

Pero no, dijeron su media docena de *yas*, y el teniente, dirigiéndose a mí, dijo:

—El señor comandante Von H permite la estancia de usted en el submarino hasta que encuentre ocasión de trasbordar a otro buque que le deje en tierra.

Yo hubiera querido dar las gracias al comandante en su idioma natal pero, como no manejo las carretadas de consonantes que forman las palabras alemanas, di las gracias en castellano y el teniente tradujo mis frases.

# III

## PRIMERAS EMOCIONES

Hay quien dice que las emociones dan apetito. Yo afirmo que en aquellas malditas horas, desde la aparición del sumergible, hasta que me encontré en su interior, no sentí ganas de comer ni mucho menos. Yo tenía el estómago pegado a la columna vertebral, la boca seca, y una desgana tremenda. Así es que cuando mi intérprete, a quien en adelante llamaré teniente Smidt, me puso delante de un plato con un pedazo de carne en conserva, miré el plato como si contuviera una ración de estricnina.

—¿Qué? ¿No hay apetito? —preguntó sonriendo el teniente.

—Absolutamente nada —contesté—. Acabábamos de comer en el pailebot cuando hicieron ustedes su aparición a modo de postre.

Esto era mentira. Yo no había probado nada desde las doce del día, en que había comido una exigua ración de macarrones. Pero no era cosa de que creyeran que yo no comía de miedo.

—Tomará usted café, eso le entonará —dijo el teniente.

—Perfectamente, eso sí.

Al poco tiempo un marinero trajo una cafetera de aluminio de la que salían unos alambres, la colocó encima de la mesa y enchufó los alambres en un agujero de la pared. La cafetera empezó a echar humo. Trajo el marinero dos tazas de metal blanco; y enseguida saboreamos un café muy cargado y de gusto no muy bueno.

—La verdad es que no está muy bueno —dijo el teniente.

—Tiene un sabor... —afirmé torciendo el gesto.

—Sí, ese fragatón que hemos echado a pique nos ha estafado. Iba con cargamento de café para el ejército francés; y los proveedores han metido bastante achicoria. Pero en fin, como dicen ustedes los españoles: «A falta de pan, buenas son tortas» —y el teniente se bebió de un sorbo la negra infusión.

Yo le imité inmediatamente, eché mano a mi petaca para fumar un poco.

—Le advierto que está terminantemente prohibido fumar en el interior del sumergible.

—Hombre, ¿y por qué? ¿Cuestión de oxígeno?

—Sí, el cigarro consume una cantidad de

ese precioso gas tan necesario para la respiración y para la marcha de nuestros motores.

—Y cuando el buque está en la superficie, ¿se permite fumar?

—Entonces tendrá usted ocasión de fumar cuanto quiera.

Había que conformarse. Para distraerme me puse a contemplar la habitación en que nos encontrábamos. Las paredes eran, al parecer, de hierro, porque se notaban los remaches; estaban pintadas de blanco verdoso, el techo era lo mismo; y el suelo cubierto con *linoleum*. La habitación era pequeñísima. Tres metros de largo, todo lo más, por dos y medio de ancho. Su altura sería de poco más de dos metros, porque el teniente, que era hombre alto, tocaba con su gorro en el techo. Se sentía la impresión de estar metido en una enorme marmita de hierro esmaltado.

Brillaba en la pared una lámpara eléctrica engastada en un círculo de cobre rojo.

Un diván, doblado sobre la pared, ocupaba un testero de la cámara. En el centro, una mesa, que parecía la mesa de operaciones de un hospital, estaba pintada de blanco.

En el centro del techo, hasta unos cuarenta centímetros del tablero de la mesa, bajaba un tubo de latón dorado que terminaba en una serie de rodajas cada vez menores, parecía el extremo de un anteojo astronómico.

—¿Es...? —pregunté señalando el aparato.

—Ahora, un sencillo telescopio —dijo el teniente—; puede presenciar el último acto de la tragedia del pailebot italiano.

—¿Desde aquí?

—Claro, desde aquí.

—Pero sie es un telescopio, tal y como está colocado apuntará al cielo.

—Este aparato, efectivamente, parece apuntar al cielo; pero al salir al exterior se dobla en ángulo recto y apunta al horizonte. Verá usted.

El teniente quitó de la mesa la cafetera y las tazas, luego cogió un almohadón del diván y lo colocó debajo del anteojo. Se tendió sobre la mesa, apoyó la cabeza en el almohadón, de modo que los ojos del teniente quedaron junto al ocular del aparato óptico.

Hizo girar una rodaja del instrumento como quien enfoca.

—Ya está, verá usted perfectamente. Sobre todo, si apagamos esta luz. Tiéndase usted sobre la mesa como yo. Hice lo que me decía el teniente, apliqué un ojo al telescopio.

El teniente apagó la luz y no vi absolutamente nada.

—No veo.

—Espere, espere usted, porque tiene usted los ojos acostumbrados a la claridad de aquí.

Seguí mirando y, por fin, se me figuró divisar una luz pequeña como un puntito rojo que se movía sobre mí balanceándose. Después, distinguí el casco negro del pailebot, por fin, la silueta de los mástiles que sostenían las velas nacidas.

De repente, una llamarada iluminó el círculo de mi visión.

Durante un breve instante vi claro el buque, el mar. Hasta la cámara de acero en que estábamos, llegó el estampido sordo de una detonación.

—Ha estallado nuestra bomba —dijo el teniente en la obscuridad—; ahora va usted a ver un espectáculo curioso.

Y efectivamente largas llamas salieron de las entrañas del pailebot, lamieron sus costados, prendieron en las velas y una enorme humareda se extendió sobre el mar.

—¿No es verdad que parece la película de un cinematógrafo? —dijo la voz del teniente.

Era la sensación exacta, salvo el color. Aquí el cielo era azul, las llamas rojas y las olas reflejaban el destello de las fulguraciones que brotaban del incendio.

—Tiene usted un debut sensacional —dijo el teniente, y encendió la luz.

—Sensacional, pero un poco bárbaro —contesté incorporándome sobre la mesa.

—¿Un poco? No, bárbaro del todo; pero imprescindible. Estará usted cansado por tantas emociones. Le acompañaré a su camarote y dormirá usted perfectamente.

El teniente abrió una puerta pequeña, se metió por ella, yo le seguí. Llegamos a una habitación más pequeña y, enseñándola, dijo el teniente:

—Este es su cuarto.

# IV

## LA NOCHE EN EL SUBMARINO

¡Mi cuarto! ¡Valiente cuarto!

Si mis lectores han viajado en los trenes expresos que van de Madrid a Irún, habrán visto ese departamento que suele señalarse con dos iniciales. A estos departamentos los llaman lavatorios los pudibundos hijos de Albión. Pues mi cuarto tenía las dimensiones de uno de esos departamentos, salvo que era más bajo de techo. Estaba pintado con el mismo color blanco verdoso de las otras pertenencias del submarino. Había una lámpara eléctrica encima de la cabecera de un diván que servía de cama, un lavabo de hierro esmaltado empotrado en la pared y un espejo de un palmo en cuadro. Por un agujero que había en el techo, entraban ráfagas de aire cargadas de emanaciones salinas y olor a petróleo.

El pailebot «A. M.» no había concluido de irse a pique, y se conoce que ardía con todo su cargamento de cucarachas.

Me senté en el diván y estuve un gran rato pensando en mi situación. Me cansé de trabajar con la imaginación, apagué la luz y me eché sobre la estrecha cama.

Entonces empecé a sentir el miedo. ¡Un miedo horrible!

Di vueltas y más vueltas sobre el diván, me puse boca abajo, de costado; pero el cambiar de postura no me aliviaba del tremendo miedo que se me había metido en la cabeza.

El café que había tomado en compañía del

teniente me ponía los nervios de punta, y un sinfín de disparates a cual más espantoso se atropellaban en mi imaginación. Sudaba y al poco tiempo me quedaba helado.

Tenía calentura. El condenado ventilador me refrescaba con su soplo constante. Traté de cerrarlo y no lo pude conseguir. Metí unos pañuelos en el maldito agujero aquel y la fuerza del aire los escupió fuera. Desesperado, me senté en el diván y traté de distraerme escuchando los ruidos que podían sonar.

No se sentía nada. Parecía estar encerrado en una tumba de hierro. Sólo el latido de mi corazón batía mis sienes y el reloj desde el bolsillo de mi chaleco cantaba su *tic, tic, tic, tic*, con una persistencia inaguantable.

Encendí la luz y miré la hora. Eran las diez de la noche.

Desde la aparición del submarino habían transcurrido cinco horas, ¡cinco siglos!

Noté que el aire que echaba el ventilador no era tan frío y que traía un tufo de aceite requemado. Al mismo tiempo el barco entero comenzó a vibrar. Probablemente el sumergible emprendía la marcha. El ventilador se paró y ya no lanzaba la corriente de aire. La trepidación aumentaba por momentos y se sentía una especie de roce a lo largo de las paredes de acero. Era el agua que se deslizaba en el exterior. Ahora, donde sonaba un zumbido extraño, era en el techo. Zumbido interrumpido a veces, choques de algo blando que se deslizaba y corría sobre mi cabeza, que fueron aumentando poco a poco, hasta llegar a ser continuos y parecerse al murmullo que sentía en las paredes. El U, indudablemente, se había sumergido y navegaba entre las aguas tranquilas del Mediterráneo.

Me tumbé en el diván y traté de conciliar el sueño; pero una sensación de ahogo me impedía dormir tranquilamente y un sopor lleno de sobresaltos se apoderó de mí. Soñé una enorme cantidad de tonterías que no interesan a nadie y, rendido por aquellas horas de intranquilidad, me desperté.

El rumor del agua que apartaba la embarcación seguía. Un ruido sibilante, regular como el de la marcha de una dinamo, llegaba hasta mi oído hiperestesiado. Me incorporé, puse los pies sobre el *linoleum* que cubría el suelo, y me puse de pie. Indudablemente el submarino navegaba bajo el agua; pero no a gran profundidad, porque las ondulaciones de las olas imprimían al buque un ligero balanceo.

Toda mi cultura submarina estribaba en la lectura de una novela de Julio Verne: *Veinte mil leguas de viaje submarino*. Recordaba o creía recordar que en la novela se decía que las olas no producen efecto a más de diez metros de profundidad.

Pensando en esas cosas, me dirigí a la puerta de mi camarote y la abrí. Daba a un pasillo blanco, a lo largo del cual se extendía una porción de tubos de metal amarillo brillante y de hilos eléctricos. En un extremo del pasillo estaba un hombre. Era un mocetón alto; vestía traje de cuero brillante, parecido al que usan los conductores de automóviles; calzaba botas de caucho que le llegaban a las rodillas y se cubría la cabeza con una gorra de visera negra rodeada por un galón de oro.

El mozo aquel me miraba sonriendo. Era un chicarrón que representaba tener unos diez y siete años. Enseñaba unos dientes magníficos al sonreír. Debía el tunante reírse en su interior de la cara de asombro que yo ponía al encontrarme allí, y de mi facha de hombre que se levanta de la cama después de una noche de insomnio.

Pero en mí se había verificado un cambio extraordinario: de mi inapetencia había pasado a un apetito que me corroía las entrañas. Yo, como lo he dicho antes, no sé una palabra de alemán, el marinero no entendería probablemente el idioma de Cervantes. Así que yo, para explicar lo que quería, levanté mi mano derecha hasta la altura de mi boca y, reuniendo las cinco yemas de los dedos, la acerqué dos o tres veces a la abertura que formaban mis labios abiertos de par en par. El mocetón se rió con más gana que antes y no se movió de su sitio. Esto me convenía: había que meter algo en mi estómago tiránico. Repetí mis gestos haciéndolos cada vez más expresivos y nada: el condenado alemanote siguió impertérrito en su sitio, riéndose más que nunca. Cosa rara y que brindo a los que se preocupen de la fisiología. ¿Por qué cuando uno se encuentra inapetente un olor cualquiera le repugna y molesta, sobre todo si es de comida, y, en cambio, hambriento hasta los olores repugnantes excitan el apetito?

Yo aseguro que en aquel momento el olor de aceite lubrificante, parecido al que exhala el pabilo de la vela medio apagado, me parecía tan apetitoso como el de un manjar exquisito. Si encuentro el camino de las máquinas, soy capaz de echar un trago de la grasa con que se lubrifican.

—¡Comer! ¡Comer! —dije al alemán.

El bribón debió conmoverse, por fin, con el ardiente tono de mi exclamación, porque dijo: ¡ya!, ¡ya! y llamó en una puerta. Se abrió y apareció en ella el teniente Smidt.

—¿Qué desea usted, señor español?

—Comer, mi teniente.

—¡Ah!, vamos, ha vuelto por fin el apetito.

—Sí, mi teniente, con unos caracteres atroces. Creo que si tarda usted más, muerdo a ese marinero cruel que se reía de mis sufrimientos.

—Probablemente no le comprendía.

—No diga usted eso, mi teniente, que esta

seña se conoce en toda la Tierra —y repetí la acción de meter la mano en la boca.

—Sí —dijo el teniente, riéndose—. Eso pertenece al lenguaje universal. Venga usted conmigo y, si no es usted un melindroso, satisfará su hambre.

Entramos en la misma habitación en que me había invitado a comer antes. El teniente tocó un timbre eléctrico. Inmediatamente apareció un ordenanza, se le dieron órdenes que no entendí y, poco después, tenía delante de mí un plato: ¡Oh, salchichas de Fráncfort! ¡Oh, maravilla! ¡Oh, deliciosa chucrut! ¡Me río yo de la ambrosía de los dioses del Olimpo!, es más, la desprecio, entre otras cosas porque no hay ambrosía a bordo de un submarino. Después de la salchicha, café; pero no del de antes, no; un riquísimo Puerto Rico, procedente de un velero francés que venía de las Antillas con cargamento para Calais.

—¿Qué? ¿Está bueno? —me dijo el teniente.

—¡Buenísimo! ¡Excelentísimo! —le contesté.

—Los que se están batiendo en Francia contra mis hermanos lo echarán de menos.

—¡Qué le vamos a hacer! ¡Qué se fastidien! —dije con un egoísmo que me perdonarán los franceses.

—¿Y dónde estamos, mi teniente?, si es que se puede saber...

—Estamos navegando a lo largo de las costas de Córcega, en espera de acontecimientos.

—¿Navegamos a mucha profundidad?

—No, la suficiente para que los periscopios salgan a la superficie. Este es un sitio muy vigilado por los cruceros franceses y tratamos de que no nos descubran.

—¿Y no suelen ustedes luchar con los cruceros?

—Muy rara vez, porque es difícil; el crucero lleva una gran velocidad; es imposible que le sigamos; únicamente podemos prepararnos cuando lo descubrimos a larga distancia y adivinamos la ruta que sigue. Entonces, sí, podemos salirle al encuentro navegando entre dos aguas y sacando de vez en cuando el periscopio para rectificar nuestra trayectoria. Como comprenderá usted, la cosa es difícil.

—Y peligrosa —afirmé yo, con cierto miedo de que el teniente remachara mi afirmación.

—Peligrosísima —dijo el teniente Smidt

con la misma tranquilidad que si hubiera dicho lo contrario.

—¡Demonio!, ¿tan peligrosa?

—Imagínese usted, el sumergible no puede
usar de su arma, que es el torpedo, hasta que

se encuentra a 500 metros del blanco; y que hay que acercarse a esa distancia con el periscopio fuera del agua.

—Y una bala de cañón en el periscopio y...

—No tanto, caballero; eso era en los primeros sumergibles, en este que le lleva a usted a bordo, una bala de cañón en el periscopio no haría gran efecto.

—¿Pues? —pregunté yo ansioso de saber.

—Por lo pronto este sumergible tiene dos aparatos. Sería difícil que los enemigos tuvieran la suerte de rompernos los dos.

—Con los cañones modernos es fácil. Creo yo.

—Muy difícil. El periscopio ofrece poco blanco.

—Pero aun suponiendo que los rompieran, no pasaría nada de particular.

—¡Nada de particular! ¡Pues no tiene poco de particular irse al fondo!

—No, mi querido señor, por eso no nos iríamos al fondo.

—El agua penetraría a torrentes en el interior del buque, sería imposible detener la inundación y...

—¿Y? ¿Qué?

—El sumergible se sumergiría para siempre.

El teniente debía estar muy convencido de lo contrario, porque se había sentado en el diván, había puesto una pierna encima de la otra y me miraba sonriendo.

—¿Usted ha visto ayer la desaparición del pailebot italiano?

—Sí señor.

—Imagínese usted que en el mismo momento en que usted aplicaba su vista al ocular del aparato, el pailebot, convertido en crucero, larga un tiro, y este tiro viene a dar en el telescopio por el que usted miraba y hace añicos la parte superior de él. ¿Qué hubiera pasado?

—Pues hubiera pasado que un torrente de agua salada hubiera caído sobre mí con la violencia del caudal de una turbina.

—Está usted perfectamente equivocado. Un torrente de agua hubiera entrado en el interior del anteojo y no hubiera pasado al buque.

—¡Ah, luego está herméticamente cerrado!

—Herméticamente incomunicado con el interior. Muchas veces he leído el relato de combates entre submarinos alemanes y barcos de guerra enemigos que decían algo así: «El sumergible, con el periscopio destrozado, se hundió para siempre en el fondo del mar». Y no hay tal cosa. El sumergible se hundió en el mar, pero no para siempre, sino que veinte, treinta millas más lejos salió bonitamente a la superficie, cambió las piezas rotas por otras nuevas y siguió dando caza a los barcos enemigos.

—Pero yo no vi el periscopio —dije yo, no queriendo dar mi brazo a torcer.

—Usted vio el periscopio convertido en anteojo de larga vista. No hay más que cambiar las lentes y el campo visual del aparato óptico se dibuja sobre el fondo blanco de aquella mesa rayada en diagonal, con la precisión de lo que enfoca una máquina fotográfica sobre el cristal esmerilado. Venga usted conmigo; el submarino se va a elevar un poco para expulsar el aire viciado y los aparatos saldrán del agua; podrá usted ver quizás las rocas de la cuna de Napoleón, *El Ogro de Córcega*, como le llamaban nuestros abuelos.

## V

## CONVERSACIONES DEBAJO DE UN PERISCOPIO

En lo que llamaré, con indignación de los cuasi-cursis, *cabina* del periscopio, estábamos el teniente, el comandante y yo. La cabina estaba herméticamente cerrada a la luz, excepto a la que podía penetrar por el tubo del gran anteojo vertical que subía hasta el techo, atravesaba el buque y salía al exterior. La luz eléctrica iluminaba con su reflejo dorado la exigua estancia. El comandante miraba fijamente un aparato. Yo pensé que era un manómetro indicador de la columna de agua que el sumergible tenía encima. El teniente aplicaba el oído a una especie de teléfono y yo, a una seña muda del comandante, me incliné sobre la mesa blanca que, como dije anteriormente, estaba en el centro de la habitación.

El ruido de las máquinas había cesado; la sensación de frote que experimentaba mientras el sumergible se hallaba en movimiento, fue disminuyendo hasta desaparecer. El submarino estaba quieto. Hay en el hombre, aun cuando se encuentra en condiciones de no poder comparar su movimiento con otros objetos exteriores, la sensación de este movimiento. Claro es que cuando se trata de vehículos, porque mi afirmación al referirse a la Tierra es perfectamente falsa. El globo terráqueo es un vagón que marcha con una velocidad vertiginosa y nosotros no lo sentimos porque todo marcha a nuestro alrededor con idéntica velocidad. Pero si nos metemos en un ascensor cerrado perfectamente y no vemos el exterior, cuando el ascensor se pone en movimiento, nosotros sentimos la sensación de ese movimiento. Yo no soy físico ni fisiólogo pero creo que conozco la causa de esa sensación: consiste en la inercia.

Yo sentí que el submarino ascendía despacio, muy despacio, pero ascendía. El capitán miraba fijamente la esfera del aparato, en la que una aguja recorría un sector de círculo. Quise hablar, pero el teniente me impuso silencio con un gesto y permanecí quieto, mirando la superficie rayada de la mesa, sobre la cual me apoyé.

Transcurrió un minuto en esta situación y el comandante apagó la luz; la obscuridad era absoluta. Ni un gato ni una lechuza hubiera podido distinguir nada en mis pupilas. Ni entre los goznes de la puerta penetraba la menor arista de luz, de tal manera era hermético el cierre. Yo sabía que el pasillo hacia donde se abría la puerta estaba profundamente iluminado.

De pronto, vi debajo de mí un círculo azulado, tenue, débil. Lentamente fue haciéndose más claro. El círculo podría tener unos cuarenta centímetros de diámetro, estaba dividido en dos trozos, uno más claro que el otro. El círculo luminoso se aclaró del todo y ante mis ojos, un poco atónitos, apareció una verdadera marina pintada en la mesa blanca. La vista aquella giró despacio sobre sí misma y se detuvo al encontrar un punto obscuro que aparecía en la raya que separaba los dos trozos del círculo.

—Barco a la vista —dijo el teniente.

—¿Este punto negro es un buque? —pregunté.

—Un buque —me contestó—. El sector obscuro del círculo es el mar. Este punto negro es un barco.

—¿Enemigo? —dije con cierto temblorcillo en la voz.

—Completamente enemigo; en estos mares, como en todos, no tenemos más que enemigos o neutrales. Este es enemigo. Nosotros le vemos y él no. Probablemente es un torpedero francés que hace su recorrido por aguas de Córcega.

—¿Y ustedes?

El teniente me señaló en silencio al capitán. Miraba fijamente el punto negro que se agrandaba por momentos encima de la mesa.

La atmósfera pesada que se respiraba en la cabina se iba refrescando y mis pulmones, un poco oprimidos en aquel ambiente cargado con tufo de aceite lubrificante y humedad, respiraron con delicia el aire lleno de emanaciones salinas que entraba por los ventiladores.

—¿Todavía no nos verá? —pregunté al teniente, bajando la voz.

—Todavía no, porque tampoco nosotros vemos el casco de nuestro enemigo.

—¿Pero todavía no puede usted asegurar que sea un enemigo?

—Sí, de eso estamos seguros, es un buque de guerra y es un buque de guerra francés.

—¿Lo adivina usted?

—No. Observo, nada más.

El comandante levantó la cabeza y dijo algo en alemán; luego habló por el teléfono.

—Nos preparamos a atacarle —dijo el teniente—; lo primero es enterarnos qué rumbo lleva, luego saber a punto fijo qué clase de pájaro es el que tratamos de cazar. Parece un torpedero de poco calado, en cuyo caso le atacaremos a cañonazo limpio, no le haremos el honor de torpedearle, tenemos que ser económicos con nuestras municiones.

—Para eso será necesario salir a la superficie y exponerse a los disparos del buque enemigo y a sus torpedos.

—¡Claro que sí! Será una fiesta para la tripulación, que se aburre metida constantemente en este baúl de hierro. Mientras se dispara el cañón sobre cubierta, pueden los marineros dar unas cuantas chupadas a sus pipas.

—¿Pues sabe usted señor teniente lo que le digo?

—¿Qué dice usted?

—Que me alegraría ver a ese barquito que aparece en el campo del periscopio alejarse a toda máquina de este sitio.

—Pues me parece que no se va a cumplir su deseo, porque mire usted cómo ha aumentado de tamaño. Navega hacia aquí, no tendría nada de particular que nos hubiese divisado y se nos echase encima.

Los pelos se me pusieron de punta al oírle explicarse con aquella tranquilidad odiosa. El aire comenzó a hacerse pesado otra vez; el cono de luz del periscopio se hizo opaco y se encendió la luz eléctrica. El comandante daba órdenes cogido al teléfono. Se oyó el ruido de los motores eléctricos, un ruido sedoso, y volví a sentir el frotamiento de las aguas que el sumergible separaba a su paso.

—Vamos a dos metros de profundidad —dijo el teniente mirando al manómetro—. A ver si nos acercamos a esos señores. Caballero, yo tengo que hacer, le dejo a usted aquí en compañía del comandante; no hable usted, no pregunte usted nada, ni se mueva, de todas maneras está usted en el sitio más interesante de nuestro barco, podrá usted ver. ¡Ver! Que no es poco.

Y el teniente, abriendo la portezuela, desapareció.

El comandante miraba un cronómetro colocado junto a otro aparato que registraba la velocidad del submarino; se había puesto los auriculares de una especie de teléfono, sujetos a la cabeza con una cinta de goma elástica. Su expresión era de atención profunda; parecía un médico que ausculta el corazón a un enfermo moribundo. Era la figura menos guerrera que se puede imaginar. Su rostro pálido, completamente afeitado, la ausencia de todo distintivo militar: le daban el aire de un sabio que estuviera en su laboratorio observando la manera de desarrollar un experimento interesante.

Así pasó media hora, que a mí se me antojó un siglo. Por fin, en la cara impasible del comandante asomó un conato de sonrisa, se quitó el auricular que le ceñía las sienes, tocó una palanca, y el sumergible, levantándose hacia proa, salió a la superficie.

Yo me incliné sobre la mesa; el círculo de luz se dibujaba neto y brillante. En el cielo azul navegaban grandes nubes blancas, y a lo lejos se veía el buque enemigo que se alejaba a toda máquina, arrojando torrentes de humo.

—¡Gracias a Dios! —suspiré yo.

Se abrió la puerta, y el teniente Smidt, sonriendo, dijo:

—Los señores franceses no han tenido a bien esperarnos. Si queréis salir a cubierta, podréis echar ese cigarro por el cual suspiráis hace tantas horas.

El teniente me hablaba en tercera persona.

# VI

## AL AIRE LIBRE

Me precipité en pos del teniente, recorrí a escape el pasillo, subí una escalerilla de hierro, salí por una abertura circular, y por poco me quedo ciego al recibir en mis ojos el resplandor enorme del sol.

¡Pero qué delicia respirar, emborracharse de aire, tragarlo a bocanada libre, abriendo de par en par las mandíbulas, mientras el pecho se hinchaba en aspiraciones profundas! Creo que el aire se me subía a la cabeza como un vino generoso.

—¡Excelente, magnífico! —exclamaba entre resoplidos de buzo que ha estado metido en el agua—. ¡Puff! ¡Ah! ¡Oh!

Y mientras guiñaba los ojos, que poco a poco iban acostumbrándose a la luz del día, sacaba mi pipa del bolsillo. El teniente me alargó una petaca de caucho. Forrajeé en ella y ataqué el hornillo de mi pipa hasta el borde, le apliqué una mecha encendida y aspiré con delicia el aroma de un excelentísimo tabaco.

—¡Es inglés! —dijo el teniente.

—Sí —contesté yo entre dos bocanadas de humo azul—. ¡Inglés y del mejor: parece mentira que hagan ustedes la guerra a un pueblo que fuma tan bien!

El teniente tradujo mi exclamación a los marineros, y todos aquellos mocetones rubios se rieron a mandíbula batiente.

Era un espléndido día de invierno; el sol, ya bajo, nos bañaba en rayos de oro, y la sombra del sumergible se extendía sobre la movible superficie del mar en calma. Era una sombra azul, de un azul turquí intenso. No se veía en el horizonte otra cosa que el punto negro del barco francés que se alejaba; los marineros afirmaban que en la misma raya del cielo, al unirse con el mar, se divisaban las cimas de Córcega. Y por más que miré hasta desojarme, no vi nada. Esos marineros tenían indudablemente un par de telescopios en lugar de ojos.

El teniente llamó a un oficial que se paseaba por la cubierta baja del sumergible.

—Voy a presentarle al doctor Herr N..., sabe español regularmente y, con un poco de buena voluntad, podrá usted entenderse con él. Le advierto a usted que es un pangermanista rabioso.

Se acercó el doctor; era un hombre de

unos cuarenta años, afeitado como casi todos los tripulantes del sumergible, llevaba unas gafas espesas, parecidas a fanales de un automóvil. El doctor saludó quitándose la gorra. Vi una hermosa cabeza rapada al cero, grande, tan grande, que pensé:

—Si todo eso lo tiene lleno de ciencia médica, no tengo inconveniente en ponerme malo, de seguro que me cura.

El médico cabezón y yo nos saludamos efusivamente.

—Me alegro que, por una rara casualidad, haya caído usted en nuestro poder —me dijo.

—Yo, la verdad, aparte del gusto de conocer a ustedes, no me alegro tanto —le contesté sonriendo—; hubiera preferido a estas fechas estar en un vagón de un ferrocarril corriendo hacia España.

—El señor español tiene el mérito de ser sincero —dijo el teniente.

—¡Cómo, señor mío! ¿No aprecia usted lo que vale el encontrarse entre nosotros, pudiendo contemplar las hazañas de nuestro sumergible?

—No, señor doctor; preferiría leerlas en los periódicos.

—¡Qué prosaico!

—Enormemente prosaico, mi querido doctor. En las pocas horas que llevo en el submarino, me he convencido de que la vida en él es insoportable.

—¿Tan mala?

—Malísima. Primero, que no se puede respirar ahí dentro; segundo, que si me asomo a mirar otra vez dentro del periscopio, voy a enfermar del corazón; tercero, que si no veo lo que pasa, voy a volverme loco de curiosidad y de inquietud; cuarto...

—Todo es acostumbrarse.

—Sí, sí, le creo, le creo. Lo malo es el aprendizaje.

—Claro —dijo el teniente, riendo—. Está claro, se acostumbra uno, y cuando está uno acostumbrado viene un crucerito inglés o francés o italiano y...

—Nos echa a pique.

—O le echamos nosotros.

—De seguro, le echamos nosotros —afirmó el doctor.

—Y hablando de otra cosa —dijo el teniente—. ¿Qué piensan de la guerra en España?

—Pues si les he de decir la verdad, no lo sé a punto fijo. España es un pueblo que tiene fama de apasionado, y no lo es; tiene fama de romántico, y no lo es.

—Pero alguna simpatía predominará en los españoles, o por nosotros o por nuestros enemigos.

—Miren ustedes; en España, las mujeres son germanófilas; les tienen bastante asco a los franceses, no tanto a los ingleses, porque generalmente los ingleses tienen buen tipo elegante y distinguido, y a los italianos, porque los consideran como si todos fueran tenores y barítonos o vendedores de *santi boniti barati*. De ustedes creen que...

—Dígalo, dígalo —exclamó el teniente que gozaba con mis palabras.

—Pues a ustedes les tienen como gente un poco bárbara, pero buena gente al fin y al cabo.

—Vaya, menos mal —dijo el teniente, y me alargó su petaca para que volviera a llenar la pipa, que se había consumido.

—Pero la opinión ilustrada, la de la prensa, la de los intelectuales, ¿cuál es?

—Pues no lo sé a punto fijo; lo que sí puedo decir, es que la mayoría de los españoles son germanófilos.

—Ya veo que en España hay sentido común —dijo el doctor cabezudo.

Mientras nosotros tres charlábamos, apoyados en la barandilla del puente, los marineros armaban la antena para la telegrafía sin hilos.

Las largas ondulaciones del mar nos mecían lentamente, y de vez en cuando una ola más alta inundaba la cubierta del sumergible con una líquida que se precipitaba en espuma por los costados. Los marineros chapoteaban con sus grandes botas de goma.

Nosotros estábamos un par de metros más alto, y no llegaba el agua hasta allí.

El doctor se quitó las gafas un poco empañadas por la humedad, las frotó con su pañuelo, se las afirmó sobre la nariz y empezó así:

—El hombre español, en estos grandes conflictos de la guerra se halla fluctuando entre dos sentimientos que pueden ser contradictorios: el sentimiento humano y el sentimiento nacional. El patriota francés, el inglés y hasta el alemán, ponen siempre sus sentimientos humanos. Representaciones de estos sentimientos son los himnos nacionales: *Deusch land über ales, Rule Britannia, Tremblez ennemis de la France*, etcétera, etcétera...

El hombre incapaz de discurrir con frialdad y con justeza, está generalmente obcecado por su patriotismo y no puede comprender en caso de guerra que su enemigo represente unidos el sentimiento humano y el patriótico en contra del suyo, que estrictamente representa el interés patriótico.

Así los españoles de la Guerra de la Independencia contra Napoleón, se batían con toda su alma en pro de una causa bárbara, atacada por otra causa civilizadora y humana. Así el rifeño lucha en África contra el español. Así el bóer luchó contra el inglés. Así luchan actualmente el francés, el ruso, el inglés contra el alemán. Los menos civilizados contra el más culto. Como nosotros representamos la cultura, los españoles deben ser germanófilos.

—Pero tienen ustedes unos aliados que no son muy cultos —dije yo cargando la pipa.

—Turcos y búlgaros. ¿No es eso? —preguntó el teniente.

—Son una herramienta útil en nuestras manos, nada más que herramientas. Es como si nos echaran en cara que usamos de animales para transportar nuestras armas o nuestras provisiones —contestó el doctor—. Además, hay algo que debe hacer a España partidaria de nuestro triunfo, y es la conveniencia de que el pueblo alemán se establezca en el Mediterráneo definitivamente.

—No veo la ventaja para nosotros —exclamé yo.

—El Mediterráneo ha sido y es un gran desgastador de energías, el gran degenerador de los pueblos. En las orillas luminosas de este mar —dijo el doctor, recorriendo con un ademán el horizonte—, han podido desarrollarse espléndidas civilizaciones. Los hombres venidos del norte se han refinado en los países del sol, y aquí han surgido Atenas, Roma, Florencia, Sevilla. Pero el desgaste era fatal, la dulzura del clima, y, sobre todo, el contacto con las razas autóctonas mediterráneas, degeneraron a las invasoras. La Roma antigua hubiera podido asimilar a Europa, si no hubiera sido por el fermento semita que mató las energías de la gran urbe.

—Este buen señor está loco —pensaba yo en mi interior.

El doctor continuó con furia:

—Los bárbaros entraban poco a poco a formar parte del Imperio Romano, el gran civilizador. El empuje germano hubiera sido contenido en su violencia y encauzada su corriente. Nuevos contingentes de hombres rubios hubieran añadido su sangre pura a la de los romanos.

Pero ya no podía ser, se había pronunciado la terrible sentencia: «nuestro reino no es de este mundo». El legionario arrojó su espada, la matrona se hizo agapeta, y el esclavo como un gusano roedor, carcomía el cimiento de la gran pirámide romana. Hubiera podido hablarse en Europa un solo idioma, en toda Europa existiría una unidad de esfuerzo para el dominio de la Naturaleza. ¡No pudo ser!, y ahora el mundo paga las consecuencias —dijo el doctor. Sus ojos estaban húmedos, quizás por el relente del mar, quizás por sus lágrimas. No lo sé.

El sol se ponía hacia el lado de España; las

grandes olas del Mediterráneo nos mecían, y el sumergible, impulsado por sus dos hélices gemelas, corría hacia el oeste.

El doctor me miró por encima de sus anteojos para tratar de conocer el efecto que me había producido su filípica. Yo no dije nada, y el cabezudo dio unos cuantos pasos por la cubierta, y concluyó por desaparecer en la escotilla.

—El doctor está un poco chiflado —dijo el teniente.

—Bueno. ¿Y cómo diablo habla usted tan perfectamente el castellano? —le pregunté yo, por decir algo.

Sonrió satisfecho el oficial.

—Pues lo he aprendido yo solo —dijo.

—¡Imposible!

—Lo que usted oye. Me aburría soberanamente durante mi estancia en China. Estábamos en una cañonera en la colonia que nos arrebataron los japoneses, y se me ocurrió hace cuatro años aprender el idioma de usted.

—De lo que yo me alegro infinito, porque si no mi estancia aquí hubiera sido insoportable.

—Hablaría usted con el doctor.

—También habla bien, aunque con acento americano.

—Sí, ha vivido muchos años en Chile. Con el permiso de usted me retiro —dijo el teniente, y desapareció en el agujero negro de la escotilla.

Estaba yo solo en el puente; los marineros habían concluido de arreglar la antena de la telegrafía; y diez o doce de ellos se paseaban por la cubierta baja del barco. La cubierta apenas sobresalía un metro de la superficie del mar. El puente donde yo me encontraba dominaba una altura de dos metros del casco, y estaba colocado hacia proa. En dirección a la popa se levantaba otra torrecilla análoga, y de las dos, como chimeneas de estufa, salían los dos periscopios. Los dos cañones inclinaban la boca hacia el cielo. En la popa, la bandera alemana caía hasta el agua y se mojaba en la estela que dejaba el buque. El crepúsculo era magnífico; hacía frío y un viento norte me azotaba por el costado derecho, lanzando sobre mí salpicaduras de espuma. No se estaba muy bien allí, pero al pensar lo que me esperaba en el interior, se me figuraba hallarme en la gloria.

Ahora —pensé—, el U se dirige a las costas de España; parece que, si conservamos esta ruta, saldremos a parar frente por frente a Barcelona. Malo será que si nos acercamos a tierra de noche, el capitán no ponga a mi disposición el botecillo del sumergible, y dé mi último adiós a este incómodo aparato, maloliente, húmedo, en el que mis dolores reumáticos van a exacerbarse.

Pensando en estas cosas y fumando a toda prisa, pasé el rato. La noche se echó encima, y el sumergible navegó a la luz de las estrellas por un mar desierto. Los marineros desaparecieron en el interior, yo me quedé solo en medio de la inmensidad del mar sobre el buque misterioso que bogaba en silencio, movido por una voluntad encerrada en el caparazón de acero.

# VII

## EL COMBATE

Ahora tengo que describir la lucha que el U sostuvo al acercarse otra vez a las costas francesas persiguiendo a un transporte; y antes de relatar las peripecias del combate, he de pedir perdón al lector por mi completa falta de técnica literaria, esto me impide colocar los adjetivos en los lugares del párrafo donde producen más emoción. Apenas he leído narraciones poéticas. No sé cuántos signos de admiración son necesarios para inocularla en el lector, y temo que mis comparaciones no se parezcan a las de Homero, de quien oí decir al dómine que me enseñó latín en mis mocedades que era el *Mago de las imágenes* y que era superior a Virgilio. Pero yo temo que entre el mismo Virgilio y yo haya también una enorme diferencia.

Así pues, relataré la estupenda contienda con estilo de periodista. Ya me contentaría con escribir la narración de este combate como un revistero de toros hace la reseña de la corrida.

No he de ocultar al lector que muchas veces he rehecho este capítulo, pero he perdido la esperanza de igualar a mis modelos.

El U iba a toda máquina detrás de un transporte que descubrió el periscopio. Era un barco rezagado de un convoy procedente de Argelia que llevaba a Francia senegaleses y marroquíes. Uno de los motores del sumergible no marchaba regularmente. La avería se notó precisamente cuando se descubrió el buque rezagado. El U tenía que navegar con una sola hélice y, aunque se podía corregir, la tendencia a virar del sumergible era a costa de llevar constantemente... (aquí hay una supresión de la censura alemana). Sin embargo, el U perseguía al transporte y hasta se le iba acercando. Mientras tanto, los mecánicos del sumergible trataban de habilitar el motor y ponerlo en marcha. Yo, desde la torrecilla en donde estaba en compañía de mi inseparable teniente Smidt, miraba el vapor forzar máquina y arrojar por la chimenea una enorme columna de humo espesa y negra que el viento esparcía sobre el mar.

Llevábamos seis horas de persecución; las distancias iban acortándose y, junto al ajuste de nuestros dos cañones, estaban los artilleros dispuestos a disparar en cuanto se diera la orden.

El comandante del U miraba con su telémetro al buque enemigo. La costa francesa empezaba a aparecer al borde del horizonte. Los marineros, armados con rifles, se alineaban en la cubierta baja del submarino, sin ocuparse de las olas, que de vez en cuando invadían aquella desamparada plataforma. El cielo estaba sereno; ni una nube se dibujaba en la enorme cúpula azul. El U aumentó su velocidad, el motor averiado estaba compuesto y se acercaba el principio del drama.

—¿Qué le parece a usted mejor para mí?, ¿me quedo en la torrecilla?, ¿o me meto en la cabina del periscopio? —pregunté al teniente Smidt.

—Aquí va usted a estorbar algo.

—Entonces, ¿voy abajo?

—No sé por qué deseaba yo que alguien tuviera la responsabilidad de lo que pudiera ocurrir.

—Haga usted lo que le dé la gana.

—Pero... —insistí yo.

—Lo mejor es que baje usted a la plataforma y que se coloque aquí al lado de la torrecilla. Así estará usted al socaire de lo que escupa el transporte francés sobre nosotros.

El francés no tardó en escupir ni cinco minutos una granada de su cañón de popa; dio unos saltos en el agua y se fue volteando en una gran curva a caer detrás del submarino.

—¡Schneider! —dijo el teniente.

—Apellido alemán —subrayó el doctor cabezudo, que estaba junto a nosotros.

El U no seguía exactamente la ruta del vapor francés, sino un poco inclinada hacia la derecha: estribor o babor, no lo sé. Comprendí que esta desviación en la ruta de nuestro sumergible se verificaba expresamente para que nuestro cañón de la torrecilla de popa pudiera ver el blanco.

Efectivamente, aquel cañón respondió el primero al disparo del francés. Una detonación seca estalló y hasta nosotros llegó una bocanada de tufo con olor a éter caliente. La granada rebotó en el mar, en la estela del barco, saltó por encima de él y no vimos dónde concluyó su trayectoria.

—El barco enemigo no tiene más que un cañón a popa —dijo el teniente, mirando con su anteojo.

—Y nosotros dos.

—Además, él ofrece más blanco —observó el doctor.

En aquel momento un cabo de cañón se inclinaba sobre el triple tubo del arma. Con las dos manos rectificaba la puntería. Salió el tiro; y el cilindro del cañón se movió hacia atrás con la suavidad de un muelle de acero y volvió a recuperar su posición.

—¿Tocado? —preguntó el doctor.

—Creo que no; el condenado barco va envuelto en una nube de humo, no se le ve bien.

Los dos hablaban en castellano, porque habían convenido en ejercitarse siempre que pudieran en mi idioma natal. Era una enorme ventaja para mí.

El barco francés largó su segundo cañonazo sin hacernos daño; nosotros contestamos, sin tocarle; había mucha mar y era difícil enfilar el blanco en la mira del cañón.

El comandante dio una orden y los marineros fueron entrando por las compuertas del sumergible.

—Vamos a forzar la marcha y a atacarle de otra manera —dijo el teniente, y desapareció por el escotillón.

Yo le seguí. El interior del submarino era un infierno de ruido y de mal olor. Los motores de petróleo iban embalados, y las explosiones de los... cilindros se atropellaban unas a otras con la frecuencia del sonido de una carraca. Una peste de petróleo y de aceite quemado llenaba el pasillo. Las luces eléctricas brillaban en el centro de un halo de color naranja; y el vapor infecto que flotaba en el aire se pegaba a las paredes pintadas de blanco y, condensándose, caía a largos churretes hasta el suelo. Entré en la cabina del periscopio. Allí estaba el comandante, indiferente al mal olor, a la horrible trepidación que hacía vibrar los tabiques de acero. De vez en cuando se limpiaba las manos con un pedazo de hilaza de algodón. Su rostro, impasible, miraba fijamente al indicador de velocidad.

Yo me acerqué al periscopio para mirar por él al barco que perseguíamos; pero en el aparato habían hecho una modificación. Ahora, en el extremo inferior, había una especie de tubo doblado en ángulo recto con el cuerpo principal del aparato y se podía mirar sin necesidad de acostarse en la mesa, como yo lo había efectuado antes. Me acerqué a mirar, pero el comandante me apartó suavemente sin decir una palabra y se puso él. Era una figura rara la de tal hombre. Llevaba la cabeza descubierta, un principio de calvicie había comenzado a aclarar su cráneo alargado, que entonces iba ceñido por la cinta elástica que sostenía los auriculares, una especie de pipa negra de ebonita, que sujetaba al cuello iba a parar delante de la boca, era el receptor vibrátil del teléfono. El comandante se sentó en un banquillo colocado entre dos volantes parecidos al volante de dirección de un automóvil, pero que eran verticales, y aplicó su ojo izquierdo al extremo del periscopio. Vi que debajo de los pies del comandante aparecían dos pedales. Aquella figura extraña estaba apartada de toda idea guerrera; había en todos sus movimientos un sosiego, una tranquilidad enorme. El comandante se levantó como a quien se le ha olvidado algo, me miró y, adelantando la mano, cogió la llave de la luz eléctrica. Comprendí que me invitaba a salir de la cabina. Abrí la puerta y salí; en aquel momento, la cabina quedó a oscuras y yo cerré la puerta. Los motores de petróleo seguían su carga de disparos parecido al redoble de una banda de tambores; el olor de gasolina era insoportable; y bocanadas de aire tibio atravesaban el pasillo, llevándose el humo requemado.

El pasillo aquel tenía unos veinte metros y una anchura de setenta y cinco centímetros. Algo parecido al de un coche de ferrocarril. Junto al pavimento, un manojo de tubos de cobre iba de un extremo a otro del pasadizo; y a trechos desiguales se veían los picaportes de acero de unas cuantas puertas, tan herméticamente ajustadas que apenas se divisaban las ranuras ni los goznes. Recorrí el pasillo de un extremo al otro varias veces. Sentía yo una inquietud enorme, sabía que el sumergible corría con aquella velocidad vertiginosa por un terrible designio. Los bandazos del mar alborotado me arrojaban de un lado al otro de aquella larga tumba blanca. En un extremo del pasillo vi una puerta entreabierta, la empujé y me encontré en una habitación exactamente igual a la del periscopio.

—Pase usted, señor pasajero —dijo en la penumbra la voz simpática del teniente.

Cerré la puerta y pasé. El teniente y otro marino miraban el círculo de luz que proyectaba el periscopio. En un extremo de la habitación, una luz, cubierta por una pantalla verde, alumbraba una máquina de escribir a la que estaba sentado un muchacho. Yo veía las manos del escribiente corretear por el teclado de la máquina que producía un *chic, chic, chic* constante y, de vez en cuando, el tintineo de un timbre. La pantallita estaba rota: era de tafetán viejo y deshilachado y la lámpara eléctrica que cubría daba luz sobre nosotros.

—Este condenado mecanógrafo nunca compone la pantalla —dijo el teniente, e hizo una advertencia en alemán al muchacho yon- testó con una frase metida entre dos sonrisas y, después de dar una media vuelta a la pan- talla, prosiguió escribiendo. *Chic, chic, chiqui, chic*, sonaba en la penumbra.

Me incliné sobre la vacilante marina que aparecía pintada sobre la superficie de la me- sa.

En el círculo luminoso se dibujaba el barco francés con una limpieza magnífica; pero a veces era empañado por unas ráfagas extra- ñas que lo velaban.

—¿A qué se debe esto? —pregunté.

—El periscopio es mojado por las olas que empañan su objetivo; estos visos fugaces que usted observa son las espumas que saltan.

El redoblar de los motores de explosión había cesado, e inmediatamente se oyó el zumbido sedoso de las máquinas eléctricas. El submarino se sumergía, y la vista del exterior que nosotros habíamos contemplado, proyectada por el periscopio, desapareció.

—Sabemos que nuestro enemigo se encuentra exactamente en el eje del U —dijo el teniente—; todo se reduce a acercarnos a quinientos metros del francés y soltar el torpedo.

—Pero usted, ¿no tiene qué hacer? —pregunté yo, viendo que el teniente se sentaba.

—Absolutamente nada —me contestó el

teniente— si no fuera porque me considero con la obligación de hacer los honores a usted, como pasajero, iría a leer una novela. Somos muchos en el submarino, demasiados, más del doble de la tripulación necesaria con los aprendices, que ya no lo son, porque han aprendido el oficio.

*Chic, chic, chiqui, chiqui, chic, chic*, sonaba la máquina de escribir bajo la luz de la pantalla verde.

—¿Y el comandante? —pregunté.

—Es el único que se divierte un poco; la vida aquí es demasiado aburrida —y el teniente disimuló un bostezo.

El sumergible ascendió rápidamente; el cono de luz del periscopio proyectó su círculo sobre la mesa y vimos el barco francés muy grande. Lo veíamos de popa y de lado: debía ir con poca carga, porque parte de la hélice salía fuera del agua. Un movimiento brusco del sumergible me obligó a apoyarme en la pared. Oí algo como un silbido extraño y, medio minuto después, una detonación sorda.

—Creo que le han dado —dijo el teniente.

La máquina de escribir cantaba siempre el *chic, chic, chiqui, chiqui, chic, chic* en su rincón.

El cono de luz del periscopio volvió a lucir y, en él apareció el transporte francés, torcido, con la proa más alta que la popa y enseñando su vientre rojo, abollado.

—Vamos afuera —dijo el teniente.

Salimos dejando al mecanógrafo inclinado sobre su máquina de escribir, que seguía con su imperturbable *chic, chic, chic.*

—Yo, si estuviera en lugar del capitán no dispararía tan pronto —dijo el teniente.

—¿Por qué?

—Porque podía haberle dado en la cámara de calderas. Es más rápido.

Le miré horrorizado.

Salimos al exterior. El U flotaba inmóvil como una boya, y a mil metros el transporte francés B... se hundía lentamente. Una multitud de hombres cubiertos con gorros rojos vociferaba y se arrojaba sin orden ni concierto a las chalupas. En la popa, un oficial viejo trataba de apuntar el cañón contra nosotros, pero alguna dificultad encontraba, porque abandonó el arma y, asomándose a la borda, comenzó a insultarnos.

Gritaba y se mesaba unas largas patillas de lobo de mar; desapareció y volvió al poco tiempo con una carabina y la descargó contra nosotros. Un marinero nuestro cayó herido;

sonó otro disparo y la bala dio en la torrecilla y saltó al aire, produciendo un *dzinnnnnnnn...* Nuestros hombres contestaron con una descarga cerrada y el viejo desapareció.

El U se apartó del buque naufrago, en el que de vez en cuando sonaba un tiro y una bala venía a estrellarse a nuestro lado o hería a un hombre, que caía arrojando sangre. Sobre el caparazón de la cubierta quedaba una mancha roja, hasta que una ola, inundando la plataforma, la limpiaba.

—Disparad metralla —dijo el teniente, como quien dice: «tened cuidado con la pintura». Y los dos cañones del submarino comenzaron a vomitar botes de metralla sobre el pobre barco que se hundía.

—Mire usted qué pajarraco —me dijo el teniente, tocándome un hombro y señalando un punto en el cielo.

El pajarraco era un hidroavión.

# VIII

## EL COMBATE (CONTINUACIÓN)

Un enorme triplano.

Se conoce que desde la costa habían oído el ruido de las explosiones y habían enviado el aeroplano para enterarse de los que ocurría.

Venía con una velocidad tremenda, aunque a veces parecía inmóvil, pero se agrandaba por momentos.

—Esto será más interesante —dijo el teniente—, porque habrá que cambiar de táctica y de proyectiles.

El submarino había adquirido velocidad y se apartaba del buque náufrago.

Yo temblaba de impaciencia, por no decir de miedo.

El triplano se acercaba rapidísimamente. Indudablemente nos había visto; pero no volaba directamente hacia nosotros, sino que parecía describir un gran arco de círculo antes de acercarse del todo.

—Es un buen piloto —dijo el teniente—; trata de pasar por encima de nosotros a lo largo. Así tiene más probabilidades de acertar en el blanco.

¡El blanco éramos nosotros!

—¡Está bien! —siguió monologando el teniente—, ¡muy bien!

El submarino inició una bordada para cortar en ángulo recto el viaje del avión. Los artilleros estaban en sus puestos; habían aplicado al cañón una especie de pequeño periscopio, un anteojo que hacía ángulo recto con el arma para hacer la puntería.

Bogábamos a poca velocidad, pero yo sentía que los motores que nos impulsaban eran los motores de petróleo y no los eléctricos.

El triplano iba a una altura enorme.

Se veía su hélice que brillaba al sol como un disco, y hasta nosotros llegaba el ronquido de su poderoso motor. Si no hubiera sido por las detestables intenciones que debía tener aquel magnífico aparato, el espectáculo hubiera sido encantador.

Yo bien quisiera aquí meterme en una descripción, pero mis preocupaciones no me dejaban ocuparme del color del cielo y del mar, de las lejanas costas francesas iluminadas por el sol radiante, ni del pobre transporte que agonizaba a dos millas de distancia y de las chalupas llenas de soldados con feces rojos. No, entonces no estaba yo para tales observaciones, si no pensando en lo conveniente que sería encontrar un notario para hacer testamento.

Sonaron dos detonaciones y pude ver al poco tiempo que dos nubecillas blancas se formaban cerca del avión. El sonido, más tardo que la vista, nos trajo el doble estampido de los proyectiles muy retrasado.

El triplano se inclinó hacia delante, y pasó como una exhalación sobre nosotros. Dejó caer una especie de lágrima negra que fue a hundirse en el mar. Otras dos detonaciones, y vimos con alegría un agujero pequeñísimo en uno de los planos de sustentación del terrible aparato. El avión giró hacia la izquierda.

—¡Qué raro! —dijo el teniente—; todos los aviadores giran a la izquierda.

—¿Qué diablos de sangre de horchata tiene este hombre? —me preguntaba yo.

El submarino hacía la misma maniobra de ponerse de través a la trayectoria del triplano, pero como el aparato volador era más rápido que el submarino, esta vez nos iba a coger en ángulo agudo.

*¡Pam! ¡Pam!*, sonaron los cañones, y los proyectiles rompedores estallaron junto al volador, pero sin tocarle, al parecer. Pasó sobre nosotros más bajo que la primera vez, soltó la bomba, que cayó a dos metros del U.

—A la cuarta vez que nos pase lo hará perfectamente de proa a popa —dijo el teniente.

—Si antes Karl no le pega un tiro —contestó el doctor.

—Hay mucha mar para tener buena puntería, es muy difícil conseguir un impacto.

*¡Pam! ¡Pam!*

El sumergible aumentó la velocidad. De repente, una de sus hélices giró en sentido contrario de la otra hélice gemela y el U viró con rapidez, así, en la tercera embestida del avión se pudo conseguir que el ángulo de cruce no fuera demasiado agudo.

—El comandante y los timoneles se portan —dijo el doctor—, siento no poder ver el final —añadió y desapareció en la escotilla.

—¿Adónde va? —pregunté.

—A curar a los heridos que nos han hecho antes.

El avión volvía fulminante, nos había por fin enfilado de proa a popa.

Sonaron los dos estampidos casi isócronos y vimos que uno de los montantes del avión estaba roto; yo creo que esto nos salvó porque el volador, desequilibrado, torció su rumbo y pasó a un lado de nosotros sin dejar bomba.

El triplano tomó rumbo hacia tierra y yo suspiré hasta el fondo de mi diafragma, hasta el fondo de las entrañas.

—¡Lástima que esto haya terminado así! Me hubiera gustado conocer a los aviadores —dijo el teniente, y luego añadió—. ¡Son unos valientes!

Como habrá visto el lector, esta descripción del combate no es absolutamente emocionante ni poética. Excepto el estampido de los cañones, nada había allí violento ni guerrero; nosotros estábamos como en un aeródromo, y el aviador francés parecía hacer pruebas de destreza para conseguir el diploma de piloto.

Bajamos a la cámara y allí no se oía más

que el *chic, chic, chic* del mecanógrafo inclinado sobre su máquina de escribir, como si no
pasara nada.

# IX

## EL ESTRECHO DE GIBRALTAR

Veinte días de crucero por el Mediterráneo, sin encontrar un barco con petróleo, habían agotado las reservas de nuestro combustible, y el comandante dispuso que nos acercáramos a... (esto fue suprimido por la censura), donde existía una estación de aprovisionamiento.

Habíamos echado a pique unos diez vapores y cinco veleros. La campaña fue buena, según el cabezudo doctor pangermanista.

Teníamos dos marineros menos, pues muricron después del combate con el transporte francés y había otros heridos de alguna gravedad. La ceremonia de arrojar los cadáveres al mar, fue triste y conmovedora. Hasta el impasible comandante había disimulado una lágrima al ver los dos sacos de lona deslizarse hasta el agua y desaparecer arrastrados por un gran lingote atado al fúnebre envoltorio. Los muertos eran hijos de pescadores de la isla de Rugen, en el Báltico...

Llegamos a la ensenada, que servía de base de aprovisionamiento, y nos encontramos con que dos laudes que habían de ser los portadores del petróleo y de las grasas no llegaron. En una cueva excavada en un monte, que servía de depósito, no había el suficiente combustible para llenar la cuarta parte de los tanques del sumergible. Era necesario esperar, y esperamos. Yo manifesté al comandante mi deseo de ganar costas de España cuanto antes, y quedó convencido de que, cuando los laudes proveedores llegaran, me embarcaría en uno de ellos que tenía que recalar en Cartagena. Otra proposición inadmisible me hizo el comandante: la de cederme un bote del sumergible y que yo fuera solo hasta la costa española. Hubiera aceptado esta proposición si yo entendiera de marinería; pero meterme en una canoa de acero estampado, delgado como un papel, y que tenía desde la popa a la proa tres metros escasos, era una sencilla locura. Así que creí más conveniente, para defender mi importante personalidad, el quedarme.

Nuestra base de operaciones era un islote de... (suprimido por la censura).

—Mi querido cliente —dijo el doctor—: la guerra esta no tendría objeto, ni sentido co-

mún, si al final no ocurriera lo que os anuncio desde ahora: la formación de los Estados Unidos de Europa.

—¿Los Estados Unidos de Europa bajo la hegemonía de Prusia? —pregunté yo.

—No, bajo la dirección de la raza germánica, como siempre ha ocurrido en el viejo mundo europeo.

—Siempre, siempre, no.

—Siempre —afirmó el doctor moviendo su enorme cabeza de arriba abajo—. Siempre Europa fue dominada por las razas puras, por las gentes procedentes del *Lathman*.

Yo, maldito si sabía lo que aquel señor quería indicar con tan extraña palabra, ahora que la escribo, tengo hasta mis dudas de que la pronunciara.

—Gentes blancas, sin mezcla de razas miserables amarillas o negras, y, sobre todo, sin mezcla de morralla semita.

—Pues nosotros, los españoles, no tenemos nada de blancos, y bien que nos hemos paseado por Europa haciendo barbaridades a troche y moche.

—Los españoles antiguos eran descendientes de germanos. Hijos de los godos. Todos los nombres españoles que aparecen en la Edad Media, de reyes, de príncipes, de héroes, son germanos. Los Alfonsos, los Fernandos, los Enriques, Berengueres, Carlos, Rodrigos, son germanos; Alonso Pérez de Guzmán, fíjese usted, Guzmán, *Gutt Man*, el Hombre Bueno. Ustedes han dominado en el mundo porque eran hijos de germanos.

—Muy bien —dije yo—. Y siendo germanos como usted dice, ¿cómo es que ahora no lo seguimos dominando?

—¡Ah! ¿Por qué? ¿Por qué? Hay una razón terrible. En Europa hay dos clases de razas principales, que de una manera general podemos calificar así: raza rubia y raza morena. El individuo masculino de raza rubia se siente poderosamente atraído por la individua de raza morena, y la individua de raza rubia siente una tremenda debilidad por el individuo de raza morena.

—¿Ve usted?, en esto ya estamos conformes —contesté.

—¡Terrible consecuencia, la raza se ennegrece!

—Que se ennegrezca.

—¡No, no, jamás! Porque al ennegrecerse pierde las condiciones que le hacen apta para la civilización, para el sacrificio colectivo, para la organización. ¡Pobre España!, no tiene salvación si una nueva invasión de germanos no la blanquea. Hay demasiado moreno en su país; yo no me atrevo a decirle a usted cuál sería el medio radical, pero infalible de salvación para España.

—Dígalo usted; ande, dígalo.

—La degollina general de los morenos y morenas.

—¡Pero habría que poner una guillotina de vapor en cada pueblo!

—Se pone —dijo el doctor, y dio unos cuantos pasos, mientras levantaba la mano y la bajaba rápidamente, como quien siega cabezas de pelo negro.

Yo me reía a mandíbula batiente, y el oficial Smidt, que fumaba recostado en la baranda, levantó la cabeza al oír mis carcajadas.

La escena ocurría en la torrecilla del sumergible, que navegaba a toda máquina en demanda del Estrecho de Gibraltar. Eran las cuatro de la mañana. Las estrellas titilaban en el cielo límpido de la noche. Las rocas de la costa de España se levantaban negras en la orilla, y el lejano rumor de las rompientes se mezclaba al murmullo del agua separada violentamente por la proa del submarino. A la atmósfera salitrosa se mezclaba de vez en cuando un perfume terrestre que yo respiraba con delicia. Me imaginaba que allí cerca estaba España, dormida bajo el cielo de azul nocturno, y que, madre cariñosa, enviaba su aliento embalsamado al hijo pródigo que quizás no podría dormir el sueño eterno sepultado en la tierra que vio al nacer, sino perdido en lo hondo de un mar lejano, en el sarcófago de acero del submarino hundido.

Tentaciones tuve de arrojarme desde la torrecilla y de ir nadando hasta la orilla.

Pero no sé qué deseo de aventuras había al mismo tiempo, qué temor en mi corazón.

—¿Qué le pasa a usted, que se ha quedado tan silencioso? —me preguntó el teniente.

—Miraba a España —contesté, señalando con la mano la costa negra que se alzaba a la derecha.

El teniente se volvió hacia donde yo señalaba e hizo el saludo militar. Yo lo abracé.

## X

## ¡QUÉ SUEÑO HORRIBLE!

... Una ráfaga, dos, tres ráfagas de luz se alzaron del horizonte y fueron a perderse entre las nubes.

—Hay que empezar la caza. Abajo todo el mundo.

Uno detrás de otro fuimos entrando en las entrañas del submarino. Yo lancé una mirada, quizás la última a aquella tierra que se vislumbraba confusa, y bajé detrás de ellos.

La escotilla se cerró y el U fue sumergiéndose lentamente. Entré en mi exiguo camarote, traté de dormir y no pude. Cogí un libro que me había prestado el doctor, *Sartor Re-*

*sartus...* de Carlyle, y el libro, lleno de paradojas brillantes y de verdades como puños, no me interesaba. Lo arrojé a un rincón. Estaba tan solemnemente aburrido, que me disponía a quebrantar el reglamento que prohíbe fumar, y dar dos chupadas a un pitillo, cuando llamaron a la puerta. Me apresuré a abrir. Era un marinero que se cuadró y me alargó un papel.

Lo cogí, y acercándome a la lámpara, leí: «Si quiere usted verme ejercer de torpedista, siga al dador. Smidt».

Nunca había visto la operación y me apresuré a seguir al marinero. Recorrimos el pasillo, y el marino abrió una puertecilla que había al extremo; penetró por ella y yo detrás, bajamos una escalera de hierro y me encontré en una habitación ancha, baja de techo y profusamente iluminada por bombillas eléctricas.

Alineados sobre unos carriles estaban los torpedos brillantes, bruñidos, de color de plata; parecían grandes peces con la cabeza... (suprimido); la hélice y los timones dorados. Eran... (suprimido), si mal no recuerdo, seis, gemelos. Eran los hijos del submarino. ¡Hijos terribles que no volvían una vez lanzados a la bolsa marsupial de la madre!

—He creído que sería para usted muy curioso ver el manejo de estos proyectiles —dijo el teniente—, y más en este lugar tan interesante para los españoles —añadió con una extraña sonrisa—. Póngase usted ahí, junto a la puerta, y desde ahí me verá maniobrar cómodamente.

Cuatro marinos empujaron uno de los torpedos hacia adelante. El teniente abrió una portezuela redonda, que cerraba un agujero negro, enfrente de mí. Empujaron el torpedo, que desapareció en la negrura, y el teniente cerró la compuerta.

—Ya está el cartucho en el fusil —dijo sonriendo—; si ahora, por casualidad, se dispara, y hay una liebre delante, la mata sin remedio.

—¿Pero va usted a disparar? —pregunté.

—Mi misión es más sencilla; soy el encargado de tener siempre un cartucho en el fusil.

Sentí que el submarino daba un bote hacia arriba, e inmediatamente volvía a hundirse a una gran profundidad. Al mismo tiempo se inclinó violentísimamente sobre un costado. Me tuve que apoyar en la pared para no caerme. No me atrevía a preguntar lo que pasaba. Veía al teniente observar atentamente una especie de válvula.

Por encima de nosotros pasó algo muy rápido y lleno de frotamientos. Otro salto para arriba, otro viraje submarino, más violento todavía. Luego, la válvula que chasquea y arroja burbujas. A los pocos segundos, una explosión sorda, que hace vibrar las paredes de acero.

—¡Uno! —dijo el teniente mirándome.

A una seña de él, los marinos, que tenían preparado otro torpedo frente a la compuerta, lo empujan y lo introducen.

El teniente cierra la válvula y espera.

Oigo un ronquido cerca de mí, y veo, al volverme, a unos marineros que duermen con las gorras echadas sobre los ojos para que no les moleste la luz.

—Son los maestros; como los discípulos saben ya tanto como ellos y no tienen qué hacer, se duermen —dijo el oficial—. ¿Qué van a hacer?

Volvió a repetirse la frenética carrera del submarino, los virajes violentísimos, las ascensiones y las zambullidas. Algo estalló cerca, muy cerca de nosotros. Sonaron zumbidos extraños. Otra vez la válvula arrojó espuma por las junturas, y sonó el sordo y algodonoso rumor de una explosión lejana.

—¡Dos! —dijo el teniente.

Una angustia enorme oprimía mi respiración; no sabía a punto fijo lo que estaba ocurriendo.

—Basta —ordenó el teniente Smidt, y los torpedistas, que habían transportado uno de los enormes proyectiles hasta la boca del lanzatorpedos, quedaron inmóviles.

—Esta noche se llorará en Gibraltar —dijo

el oficial—. ¿Está usted enfermo? —preguntó—; le acompañaré a usted hasta su camarote.

Atravesamos la cámara de torpedos; recorrimos el pasillo, y al pasar por delante de la cámara del periscopio vi al comandante que tranquilamente se quitaba el auricular del teléfono.

Su cara estaba más pálida que nunca: me dirigió una sonrisa triste. La expresión de admiración, mezclada con horror que vio en mi semblante, debieron llamarle la atención, porque él, que nunca me dirigía la palabra, dijo:

—*¡So ist das Krieg!*

Me metí en el camarote y no pude conciliar el sueño en mucho tiempo; por fin, arrullado por el zumbido de los motores eléctricos, me dormí. ¡Horrible noche, llena de ensueños! En las pesadillas espantosas vi barcos que saltaban en el aire, destrozados, racimos de hombres que caían al mar agitado por las hélices de monstruos de acero; ráfagas huracanadas de metralla que rizaban la iracunda superficie de las olas teñidas por la sangre de mil y mil víctimas; y, en una pequeñísima cabina, un hombre que tenía las sienes coronadas por una cinta de caucho, dirigía la tremenda catástrofe. Era un hombre que se había arrancado el corazón, y en su lugar había escrito con letras de fuego la palabra: «¡GERMANIA!».

Cuando desperté eran las cinco de la tarde. El U bogaba a toda máquina por la superficie del mar, y las olas del Atlántico barriendo la cubierta del submarino iban a romperse en la torrecilla del periscopio.

# XI

## EN EL ATLÁNTICO

... de febrero.

¡Adiós últimas esperanzas de desembarcar en España! Mi suerte está ligada al submarino y, hasta que de Kiel llegue la orden de hacer la recalada, no volveré a pisar tierra firme. ¡Eso, si la suerte acompaña al submarino! He subido a la torrecilla y estaba ocupada por los mecánicos que desmontaban el cañón. Ayer noche fue casi arrancado de cuajo por una granada. Los recuperadores aparecen hechos añicos; el soporte desgajado; los pernos que le sujetaban al piso de la torre han cedido. Se ha reconocido una vía de agua en los que yo he llamado el púlpito del sumergible.

La puntería del inglés fue magnífica. Tiró a la línea de flotación; pero un pequeño balance de su barco inclinó la puntería demasiado. La bala dio en el mar, y de rebote nos destrozó el cañón. ¡Yo te bendigo, ondulación benéfica! ¡Tú sola has impedido que mi pobre persona, después de espantosos sufrimientos, descanse ahora en el fondo del estrecho de Hércules!

Los mecánicos trabajan con una eficacia inverosímil. No tienen esa prontitud de los obreros españoles. Pero en sus manos, una palanca o una llave inglesa son aparatos que sirven para todo. No hay tuerca que se les resista por herrumbrosa que esté. Y estas que destornillan ahora lo están. Como los cañones van al descubierto, unas veces debajo del mar, y otras encima, el agua se mete por los más pequeños intersticios y corroe el acero. Además, las piezas están un poco deformadas por el terrible choque del proyectil enemigo y se agarran tenazmente. El mecánico las reconoce con la mano negra de grasa, las tienta, las persuade en fin; y la herramienta aplicada al punto débil las desarticula. Muchas chirrían, rugen, se defienden, se procede con ellas como con chicos malhumorados.

La plombagina y la grasa las convence por último y son despreciativamente arrojadas al mar; otras, dóciles, no deformadas, ceden fácilmente y vuelven después de ser minuciosamente reconocidas a su sitio.

Unos marineros traen las piezas de recambio, y a las pocas horas, el cañón levanta su boca amenazadora junto a la pareja de tubos encargados de aprovechar el retroceso en el disparo.

—¿Sería cosa de probarlo? —pregunto al amigo Smidt.

El teniente se ríe y exclama:

—Parece que el señor español desea estar seguro de la eficacia de sus armas.

—Sí, por qué negarlo. Me gustaría saber si este cañón es tan bueno como el otro.

—Lo es, viene probado de la fábrica; pero lo probaremos para que no tenga usted la menor duda.

El teniente Smidt da órdenes y traen los proyectiles.

Son hermosos conos de acero, unidos a un cilindro de latón brillante.

—¿Quiere usted disparar? —me dice.

Yo, retrocedo al oír la pregunta.

—Es muy fácil —dice el teniente, y abre la recámara del cañón.

Yo miro por el interior del mortífero tubo: el ánima es bruñida, refleja la claridad que entra por la boca, y las espiras se retuercen graciosamente en el acero como trozos de serpientes.

Me aparto y el proyectil penetra en la recámara con su cápsula; la cuña del cierre corre en la charnela y el cañón está listo.

—Vamos a ver —dice el teniente— si hacemos de usted un famoso artillero.

Luego se dirige a un marino y da una orden. El marino desaparece por la compuerta.

—Mire usted si es fácil. Esa pieza permite mover el arma lateralmente; esta otra da el alza necesaria.

Y el cañón, bajo la mano diestra del teniente, giraba, subía o bajaba obediente.

Probé a hacerlo y, a los pocos ensayos, lo conseguí.

—No toque usted esto hasta el momento decisivo, es el disparador.

Mientras yo me entretenía en manejar el cañón, los marinos habían subido un barril, lo habían lastrado con un pedazo de hierro y, ensartándole una banderola, lo arrojaron al mar. El barril dio unas cuantas volteretas en el oleaje que levantaba el submarino y entró en la estela con una bandera en alto.

—Apunte usted bien; sígale usted en su viaje enfilándole con la mira. ¿Está? ¡Fuego!

Apreté el disparador cerrando los ojos, lo confieso.

Cuando los abrí, vi que la bala rebotaba en el mar y se perdía en un remolino de espuma. Pero el barril levantaba la bandera desafiándome.

—A ver yo —dijo el teniente. Cargó y disparó. Vimos que la bala daba en el agua junto al barril que se alejaba.

—Karl —llamó el teniente.

Se adelantó un mozo desgarbado; cargó lentamente, apuntó con cuidado, sin apresurarse, a pesar de que el barril estaba ya muy lejos de nosotros. Sonó el seco estampido y la bala hizo estallar el barril y las duelas volaron por el aire.

—¡El cañón es bueno! —dijo el teniente.

—¡Y el artillero mejor! —añadí yo.

Después supe que los marinos llamaban al cañón *El señor español.* Y *El señor español* ha ladrado muchas veces con su boca de acero y hasta ha mordido en carne humana; pero yo no tengo la culpa.

# XII

## IMPRESIONES

... de febrero.

He perdido de tal manera la noción del día y de la noche, y mi vida está tan trastornada, que me ocurren cosas curiosas. Hoy me he levantado del miserable diván que me sirve de cama y me he puesto a desayunar. Se me ha pasado por la cabeza saber qué hora es y he visto que son las nueve en mi reloj. Después de una *toilette* rapidísima, el ventilador, que es quien me indica si el submarino va por encima o por debajo del agua, me ha dado a entender que estábamos en la superficie.

He subido a la torre y me he encontrado que había desayunado a las nueve de la noche.

Esta vida no tiene sentido común. ¡Yo, que estoy acostumbrado a un régimen perfecto! ¡Yo, que en mi casa me levantaba invariablemente a las ocho, me desayunaba con chocolate, a las nueve, daba un paseíto hasta las once, y me ponía a leer los periódicos! ¡Yo, que por la tarde, a la una en punto comía mis platos de vegetales (¿he dicho que soy reumático?) y entre echar un vistazo al huerto, mirar el corral, charlar con alguna vecina joven y bonita, hacía llegar sin sentir la hora de cenar, y después de leer una novela o de escribir un poco, me iba a la cama! ¡Encontrarme con toda mi vida revuelta! ¡Comer esta carne curada al humo, estas salchichas llenas de grasa, este bacalao seco, este café con leche condensada, todas estas porquerías! Yo enfermo, no tengo la menor duda.

Y, sin embargo, noto con verdadero asombro que no estoy mal. Hace días, estando el buque parado, me arrojé al mar con unos marinos y les vencí nadando. Mi cara, que estaba paliducha, se ha ennegrecido con el aire del mar un poco y otro poco con el tufo de los motores.

—¡Señor español! —me dijo el otro día el doctor—, va usted redondeándose. Tenga usted cuidado no le vaya a ser imposible salir por la compuerta cuando lleguemos a Alemania.

No sé a qué atribuir este fenómeno que ya me va preocupando.

Las comidas son detestables, pero comemos de ellas a la manera de unos caníbales. Los marineros son insaciables. El otro día presencié el rancho de una cuarta parte de la tripulación, en la cámara de los torpedos. ¡Había que verles comer para creerlo! ¡Qué platos de potaje! ¡Qué tres dimensiones tenían, pero qué pronto las vaciaban! ¡Qué prismas de jamón machacaban aquellas mandíbulas poderosas! Sentados encima de los torpedos, en el suelo, en cuclillas, los veinte o treinta muchachos se atiborraban de lo lindo. Se conoce que esta perra vida, llena de emociones, gasta mucho el organismo.

... de febrero.

Lo que no perdonaremos nunca los latinos a los germanos es su falta de gracia. El no poseerla, ¿es una ventaja o una desdicha?

A estos hombres lo que les falta es el gesto.

¡Hay que ver con qué elegancia, un vaquero andaluz  monta a caballo; hay que admirar

cómo un madrileño lleva la capa y se emboza en ella; cómo un francés dirige un automóvil o el servicio de una mesa lujosa; cómo un marino inglés se planta sobre la cubierta de un acorazado; cómo se espulga al sol, en el zoco, un moro! Todos parecen poseer el secreto del ademán. Los germanos, no. Estos condenados, aunque todo lo hacen bien, parece que lo van a hacer mal. ¿Por qué el timonel Fritz, que es capaz de mantener el buque en una línea recta como la trayectoria de una bala, no sabe colocarse en la rueda del timón con la postura gallarda del bandolero que en el pailebot italiano dirigía, dándole el rumbo incierto de un barco borracho? ¿Por qué Karl, el cabo de cañón, después de destrozar un barril pequeño, a un kilómetro de distancia, de un balazo, no adoptó un aire un poco heroico?

¿Por qué? No lo sé. Únicamente en la tripulación del U hay dos hombres que posean la exaltación del gesto: el doctor y el comandante. El doctor, a fuerza de movimientos de cabeza, de mirar por encima de los anteojos, de accionar, da la justa sensación de su carácter. ¿El comandante? El comandante da la sensación justa del héroe. Se advierte en él, que conoce la enorme responsabilidad de sus terribles actos, se ve que en el fondo de su alma le repugnan, jamás le he sorprendido el más insignificante gesto de satisfacción, después de alguna horrible catástrofe, producida por él, a los enemigos, nunca la mueca de mofa ha aparecido en sus ojos al contemplar a sus víctimas hundirse para siempre en el mar. Si llega con vida al final de la guerra no hablará jamás de sus hazañas. Hoy he entrado en la cámara del periscopio poco después de que él hubiera salido; sobre la mesa, donde tantas escenas de horror ha reflejado el periscopio, había un libro abierto: *La crítica de la razón pura.*

# XIII

## ¿EL PORVENIR?

... de febrero.

Estamos en la sala en que el doctor es el dueño y señor, es decir, en la enfermería. Como todas las dependencias del sumergible, es baja de techo. En las paredes, grandes armarios corridos, atestados de frascos, cajas e instrumentos. *Coys* de marineros cuelgan del techos y se balancean suavemente. Cada uno de ellos contiene un herido.

En el centro, una mesa de operaciones, que ahora está cubierta por un gran mapa de Europa. Una enorme lámpara eléctrica lanza torrentes de luz sobre la carta geográfica.

El doctor está inclinado y con el mango de un bisturí va recorriendo ríos, mares y montañas.

—He aquí lo que pido a la guerra actual, señor español.

Hay que hacer constar que yo a todos había dicho mi nombre y mis dos apellidos; pero el doctor siempre me llamaba «señor español».

—Siga usted, señor español, mi bisturí.

—Bien, estoy dispuesto a seguirle.

—Perfectamente. Estamos ¿dónde?

—En Helsingfors, en Finlandia.

—Bien, sígame usted por la orilla del lago Ladoga hacia el norte.

—Le sigo a usted, a pesar del frío que hará allí.

—Salte usted con mi bisturí al mar Blanco y agarre la Península de Kola.

Estuve a punto de hacer un chiste, pero no me atreví.

—Siga usted por la costa de Noruega hasta Cristiansand.

—Ya sigo.

—Ahora viene el gran salto desde Cristiansand, en la entrada del Skager-Rak, mi bisturí pega un brinco y va a caer en Calais, en Francia. De Calais, casi en línea recta irá usted al Ródano y, en el Ródano, las mismas aguas del río le llevarán al Mediterráneo. Eche usted una redada y coja usted Córcega, Cerdeña y Sicilia, y por un poco más las islas Jónicas.

—¡Poco me cuesta!

—Y como no trato más que de Europa, métase usted por los Dardanelos.

—¡Hombre!, ¿con que los ingleses no han

podido entrar con sus acorazados y quiere usted que lo haga yo solo?

El doctor cabezudo sonrió debajo de sus gafas y continuó.

—Desde el Bósforo atraviesa usted el mar Negro y se encuentra usted en la desembocadura del Dniéper. Si sube usted por él, llegará usted a Kiev, más arriba cruzará usted al Duna, al lago Peipus, y otra vez se encontrará usted en Helsingfors.

El doctor levantó su cabeza, y esgrimiendo el bisturí, dijo: «esto es lo que espero de la guerra». Dobló el mapa, lo guardó en un armario y fue a dar una inyección de morfina a uno de los heridos.

# XIV

## HACIA EL NORTE

... de febrero.

Estamos entre dos barcos: uno de vapor y otro de vela. Este es un bergantín noruego cargado de madera (contrabando de guerra); el de vapor es inglés, de Cardiff, carga para Inglaterra petróleo y carne salada. Los dos proceden de los Estados Unidos.

La tripulación del vapor inglés va a ser trasbordada al velero noruego. Se colmarán los tanques del U con petróleo, y el vapor será hundido. La operación se ha repetido tantas veces, que cansa el describirla.

El bergantín irá navegando bajo nuestra

vigilancia hasta que encontremos otro buque, entonces, después de transportar a las dos tripulaciones al tercer buque, le pegaremos fuego al bergantín, y así sucesivamente, hasta que la gente amontonada no quepa en un barco y, entonces, los enviaremos a la tierra más próxima.

... de febrero.

Orden terminante venida de Kiel:

«Salgan a cruzar por el Canal de La Mancha. Fuego a todos los barcos detenidos menos a uno, que se marche con las tripulaciones de todos» —y a cumplir lo que dicen las palabras caídas del cielo sobre la antena de la telegrafía sin hilos.

... de febrero.

Si no es posible estar en la torrecilla respirando aire libre, mi sitio favorito, donde me paso las horas muertas, es la cámara de los motores de explosión.

Los motores son dos, iguales, acoplados de tal manera, que sus revoluciones son sincrónicas. Cada uno actúa sobre una de las hélices. Los cilindros están cubiertos por camisas de cobre rojo, así como todos los organismos de la complicada maquinaria. Van a toda marcha, y parecerían parados, si no fuera por el temblorcillo de algún pequeño resorte y por el estallido de la gasolina, que hace brotar la grasa por algunas junturas. El motor está un poco cansado.

Debajo de los motores, entre robustos cojinetes de metal dorado, aparecen los árboles de las hélices. Estos magníficos cilindros de acero, siempre parecen quietos cuando giran y cuando descansan; porque es imposible saber, mirándoles, si van a dos mil revoluciones por minuto o duermen, tumbados en el fondo del buque, junto a la quilla, en un cómodo lecho de grasa espesa y negra, como miel vieja.

Entre los altos motores de explosión circulan los maquinistas, sucios, manchados de grasa. Llevan, como todos los tripulantes, sus chaquetones de cuero y grandes botas de caucho. Van de aquí a allí con la aceitera en la mano o un ovillo de hilaza de algodón, con el que se frotan las manos para quitarse la pringue.

Si hay alguna figura romántica, en esta época es la figura del mecánico. Ya puede el poeta dejarse crecer el pelo hasta los hombros, ceñirse el cuello con su flotante chalina y la cintura con el entallado gabán a la moda del año treinta; ya puede el virtuoso del violín sacudir la crespa melena, estirarse sobre la punta de los pies y elevar su mirada al techo del salón de conciertos, como si esperara que de la claraboya fuera a bajar la divina inspiración. Todos sus esfuerzos son inútiles. El fogonero de un exprés, el timonel de un torpedero, el piloto de un aeroplano, el maquinista de un submarino: he ahí el tipo romántico por excelencia, el verdadero romántico, tipo novelesco que toma su romanticismo de su vida entera, de la enorme nobleza de los mecanismos que maneja y domina, de la responsabilidad que tiene. Porque un temblor de su muñeca, una distracción, y ocurre una espantosa catástrofe. ¡Oh poeta! ¡Oh músico! Aunque en tu soneto endecasílabo metas un verso largo, no pasa nada, y si tu instrumento roza una nota, tampoco; todo lo más, el respetable público te obsequia con una silba.

Pero cuando pienso que si este muchacho, que cruza ahora junto a mí en la pasarela que atraviesa por encima de los motores, deja caer la llave inglesa que lleva en la mano entre esas dos piezas que voltean con velocidad fulminante debajo de nosotros, estamos perdidos, estamos a merced del primer *destroyer* inglés que nos vea. Siento admiración por esa mano sucia que no soltará jamás la llave. Yo no tendría inconveniente en estrecharla contra mi corazón, a pesar de la grasa que la cubre.

## XV

## EN EL CANAL DE LA MANCHA

... de marzo.

Entre el cabo Lizard y la isla Ouesant. Vamos a meternos en el embudo peligroso por la parte más ancha y a salir al otro lado por la más estrecha. El submarino no ha hecho ningún preparativo extraordinario, sino que entra en el *English Channel* (Canal Inglés) con toda la desfachatez de un matón en una taberna de bandidos.

—¿Pero no se preparan ustedes para los acontecimientos? —he preguntado con ansiedad al teniente Smidt.

—Prepararse, ¿para qué?

—Para lo que pueda ocurrir.

—No le entiendo a usted.

—¡Pero hombre! Esto está cruzado y recruzado por buques ingleses y franceses.

—Sí.

—Que dispararán contra nosotros.

—Sí.

—Pues entonces hay que prepararse.

—¿Para qué?

—Hombre. ¿No querrá usted que vuelva a repetir mi argumentación?

—¿Qué argumentación?

Le hubiera dado de buena gana un puñetazo.

—Aquí tenemos más probabilidades de tropezar con más buques enemigos.

—Sí.

—Y más fuertes, porque los ingleses acumulan en el Canal muchas unidades navales para defender sus comunicaciones con Francia.

—Sí.

—Los franceses, por su parte, han llenado las costas de pesqueros armados, de chalupas gasolineras y armadas con cañones de tiro rápido.

—Sí.

—Los ingleses han aprovechado la poca profundidad del Canal —dije yo, sintiendo que mis propias palabras me producían cierta desgana en el estómago—. Han aprovechado la poca profundidad del Canal, y, según parece, lo han llenado con campos de minas y otras eléctricas.

—Sí.

—Además, han puesto una barbaridad de

alambres formando trampas que ustedes ignoran dónde están.

—Sí.

—Pues entonces, hay que prepararse.

—¿Para qué?

—¡Rayos y centellas! Para eso, para los cañones, para los torpedos, para las minas, para las trampas, para todo. ¿O es que no quiere usted comprenderme?

—Le comprendo a usted perfectamente.

—Bueno. ¿Y entonces qué preparativos han hecho ustedes?

—¿Nosotros? Ninguno —y luego añadió sonriendo—. Verá usted qué curiosa es la estancia del U en estos mares. Dormiremos en el fondo del mar cómodamente sobre un lecho de algas.

—Con tal de que no durmamos para siempre.

—Tenemos unas diez probabilidades sobre cien de salir por el otro extremo del Canal de La Mancha, el mar del Norte —dijo el teniente Smidt, y saludándome entró en la cámara de torpedos.

Me quedé estático, apoyado en la puerta de mi camarote. ¡Diez probabilidades sobre cien! ¡Y el teniente lo había dicho para consolarme!, se lo noté en la cara.

—¡Yo quiero marcharme de aquí! No, no estaré un minuto más en este cacharro movedizo. ¡Maldita sea la hora en que entré en él, por mi estúpido miedo a los bandidos del pailebot, que a lo mejor eran unas buenas personas! Ahora mismo se lo digo al capitán, que me deje el bote, que me voy a la costa francesa o a la inglesa. Todo menos ir al fondo.

Decidido, subí a la torrecilla para manifestar al comandante mi decisión irrevocable.

Los marineros y los mecánicos desmontaban los cañones, la antena de la telegrafía, el asta de la bandera, los soportes de la baranda en la cubierta baja, todos los objetos salientes iban a desaparecer, y el submarino, desembarazado de estorbos, adquiriría más velocidad. Únicamente quedaba uno de los periscopios, el de proa; el otro, como un catalejo que se cierra, se replegó en sí mismo y desapareció. Vi por fin que se hacían preparativos. ¡Pero qué preparativos!

Cuando yo aparecí en la torrecilla, el comandante miraba con su telémetro un buque sospechoso, que aparecía a seis millas oeste. No me atreví a estorbarle en sus observaciones, y me puse a contemplar el buque.

Era un vapor con pinta pacífica, llevaba bandera blanca, navegaba lentamente a cuarto

de máquina. El corte de su casco era anticua-
do, pero elegante. Probablemente un yate de

recreo destinado durante la guerra a hospital; y su ruta de Brest a Plymouth.

El sumergible U estaba en su camino.

El vendaval nos escupía espuma y se estaba bastante mal en la torrecilla; el cielo presagiaba tormenta; y yo dejé al comandante en observación y bajé a mi camarote.

Estaba indignado. Al demonio se le ocurre —pensaba— quitar de la cubierta los pocos medios de defensa con que contamos. ¿Qué vamos a hacer sin cañones, aquí, en estos sitios plagados de bocas de fuego? Este comandante es un suicida, y su tripulación un atajo de imbéciles, que se calla y aguanta, cuando lo menos que debía hacer era sublevarse. Al demonio se le ocurre entrar en esta ratonera del Canal, llena de trampas, en las que el submarino va a caer como un salmón en la nasa.

Lo que debo hacer es lo siguiente: en cuanto nos acerquemos a ese pacífico buque, y nos pongamos al habla con él, trasbordaré. Si estos bárbaros quieren irse al fondo, que se vayan ellos solos. Yo no tengo ganas de ahogarme dentro de este cascarón de hierro viejo.

Metí mis bártulos en la maleta, la cerré y, muy decidido, la llevé a rastras por el pasillo hasta el pie de la escalera de la torrecilla. Dejé mi maleta allí y subí.

El barco hospital estaba a unas tres millas de distancia, sus luces de posición parpadeaban con destellos que me parecían muy simpáticos. Sobre todo, la luz verde, era una lucecita tan confidencial, tan pacífica, que atraía. El comandante seguía estudiando aquel buque con una persistencia incomprensible. ¿Qué dudaba? ¿No veía la gran bandera blanca (...) flamear en el tope del palo mayor? ¿No veía los colores (...) en la popa? ¿A qué ordenar que nuestro submarino se sumergiera hasta el principio de la torrecilla? ¿A qué parar los motores de explosión y sustituirlos con los eléctricos?

El simpático barco se acercó todavía más; se veían las claraboyas de sus costados iluminadas. Allí estarían las hermanas de la caridad consolando a los heridos, los médicos, curándolos. No habría a bordo del barco bienhechor otras sustancias químicas que las medicinas, otras armas cortantes que los instrumentos de cirugía.

—Voy a recoger mi maleta y...

Un resplandor deslumbrante iluminó las bordas del buque, y un huracán de silbidos frenéticos pasó a nuestro lado y encima de nuestras cabezas, llevándose el periscopio, como el viento se lleva una chimenea. Me tiré por la compuerta con la rapidez del conejo

que se mete en su madriguera. Detrás entró el capitán; llevaba el brazo colgando, de las puntas de los dedos goteaba sangre.

La compuerta se cerró, y del primer envite el submarino cayó hasta tocar el fondo del mar.

Yo estaba furioso; hubiera salido del submarino a nado y la hubiera emprendido a mordiscos, a patadas con aquellos bandidos que nos habían ametrallado cuando estábamos más descuidados.

—¡Piratas! ¡Cochinos! —gritaba.

Todo el mundo estaba tranquilo; el comandante pasó a su camarote seguido del médico cabezudo; los demás fueron a sus puestos, el pasillo quedó desierto, únicamente yo, con mi maleta, pateaba de rabia. El sumergible había emprendido su marcha a gran profundidad.

—¿A dónde diablos va usted con su maleta? —me preguntó el teniente Smidt—. ¿No le gusta a usted su camarote?

—¡Vamos contra ellos a echarles a pique! ¡Un torpedo! ¡Un torpedo, y que se vayan
al infierno! Si no basta uno, dos.

—Sí, si pudiéramos, pero el submarino está ciego, y tenemos que navegar horas y horas para poder salir a la superficie y componer el ojo que nos han saltado esos caballeros.

—¡Esos facinerosos, esos bandidos!

—Bah. Así es la guerra —dijo el teniente, riéndose de mi indignación.

# XVI

## EL FINAL DEL EMBUDO

... de marzo.

¡Qué peripecias, qué serie de contratiempos para restablecer nuestro periscopio y dar vista al sumergible! Hubiera querido ayudar en la maniobra, y traté de intervenir en ella. Me echaron por inútil; no hacía más que estorbar. La primera vez que salimos a flote, después del saludo del que yo creía barco hospital, nos metieron una bala en la torrecilla; fue necesario aislarla para no anegarnos. Tuvimos que ir debajo del agua unas treinta millas fuera del Canal de La Mancha, hasta encontrar un sitio tranquilo en que se pudiera trabajar al aire libre. El teniente Smidt dirigía los trabajos, porque el comandante no se había curado de su herida. Se colocó en la cubierta del sumergible un palo vertical y, en el extremo del palo, se izó una barrica para un vigía, que desde aquella altura dominaba el horizonte. Se trabajó febrilmente. Fue deshecha la torre de proa, y solamente quedó la de popa con su periscopio. Yo hubiera deseado que la mirada del aparato fuera tan mortífera como la del Basilisco, para entrar por el Canal de La Mancha pulverizándolo todo.

Cuando estuvo todo listo, otra vez a meternos en el maldito Canal. Navegábamos a poca profundidad, la suficiente para que el periscopio saliera fuera del agua.

A la altura del cabo de la Hogue volamos dos pescaminas y un remolcador fue a hacerles compañía. Fuimos a dormir sobre el fondo del mar, a un bajo al sur de las islas Normandas. Pero nos íbamos encontrando con una grave dificultad: los acumuladores tenían poca carga y debíamos empezar a navegar con los motores de petróleo, buenos para la mar libre, detestables en un lugar en que cada cuarto de hora encontrábamos un barco armado hasta los dientes. Los motores de explosión funcionan a condición de que la navegación sea exterior, y los del sumergible estaban algo resentidos. Al mismo tiempo que impulsan el submarino, cargan las baterías de acumuladores que proporcionan fluido a los motores eléctricos y a la iluminación interior del sumergible.

Además, no teníamos más que dos torpedos. Era necesario a todo trance pasar el Ca

nal bogando sobre la superficie y a toda máquina con los motores de petróleo, y reservar
los de electricidad para cuando no hubiera
más remedio que sumergirse.

Imagínese el lector qué consuelo me pro-
porcionó el teniente cuando me puso al co-

rriente de todos estos detalles. Estaba yo tan indignado, que si el dios de los torpedos me proporciona uno colosal, lo disparo contra los cimientos de la pérfida Albión y la hago volar con todos sus condados. ¡Noche horrible! El aire recalentado del submarino se podía mascar. Yo tenía las narices herméticamente cerradas y respiraba abriendo la boca como un barbo a quien sacan del agua.

Salí del camarote al pasillo, me acerqué a la cámara de los torpedos. Allí estaban dos marineros charlando, los demás dormían. Subí a la enfermería, estaba casi a obscuras. De una cama colgada del techo salía un débil gemido. Bajé y me metí en la cámara de los motores. Un marinero hojeaba una revista atrasada, debajo de una luz, y, sobre colchonetas de lona, dormían los demás. Fui en mi viaje hasta el extremo de popa. Los dos árboles de las hélices parecían dormir; largos brillantes, desaparecían en la pared claveteada. Apliqué mi oído a la chapa de acero, y en el enorme silencio pude sorprender un rumor lejano, continuo, igual al que los grandes caracoles marinos guardan en sus volutas de nácar. ¿Eran las rompientes de la costa? ¿El sonido de la hélice de algún vapor que cruzaba cerca? No, el rumor se acercaba, se acercaba. Corrí desolado y al primero que encontré, un muchacho que dormía profundamente, le sacudí con furia. El pobre despertó asombrado; pero yo no le di tiempo de volver de su asombro; le llevé al sitio donde yo había oído el ruido sospechoso y le hice apoyar la cabeza sobre la pared.

¡Ya! ¡Ya! Y murmurando algo entre dientes, marchó, no muy de prisa, a llamar a un oficial. Yo quedé en el mismo sitio escuchando. Algo rascaba en el casco del sumergible, no había duda.

Apareció el teniente Smidt; atendió durante unos segundos, que me parecieron horas.

—¿Qué es? —pregunté cuando separó su cabeza de la pared.

—El cable de unos pescadores de minas, que tratan de pescarnos a nosotros.

Al oírle, no comprendí bien lo que me decía; tuve que poner en orden mis pensamientos y repetir mentalmente varias veces aquellas palabras. Cuando las comprendí, subió a mi cabeza una ola de horror que por poco me vuelve loco. Quise hablar y no pude.

Yo mismo noté que sonreía, a pesar mío; y el teniente Smidt me miró con una expresión enorme de asombro.

Era necesario escapar de aquel espantoso peligro, poner en marcha los motores de petróleo, aunque consumiera el aire respirable que contenía el sumergible, y así se hizo.

Las poderosas bombas expulsaron el agua de los tanques de inmersión y el sumergible se levantó del lecho en que había dormido. Giraron las hélices y nos lanzamos hacia adelante. Pero la hélice de la derecha giraba con dificultad. Se forzó el motor y el árbol sufrió una terrible sacudida y ya rodó más fácilmente. El teniente Smidt murmuró en mi oído:

—Una de las hélices se ha roto.

—¡Pero con ella rota, como sea, avante con mil diablos! —exclamé yo—. Todo antes de caer en la ratonera.

Y avante fuimos, horas y horas, respirando el aire pestilente, mareados por el tufo.

No se podía respirar más y el sumergible salió a la superficie, se abrió la compuerta y el aire fresco entró a torrentes, sorbido por los ventiladores.

Desde la torrecilla vimos a un *destroyer* inglés que venía hacia nosotros con velocidad fulminante.

Le esperamos hasta que estuvo a tiro de cañón; entonces nos zambullimos, y adelante. No había medio de reparar la avería de la hélice y el submarino derivaba siempre hacia la costa inglesa.

Nuestra ruta era entonces una serie de curvas, un verdadero festón, como los que las bordadoras hacen en el embozo de las sábanas[1]. Pero fuera como fuera hacia adelante: en la superficie cuando podíamos y no estaba a la vista ningún barco enemigo; debajo del agua, en cuanto nos saludaban con algún zambombazo.

Todavía teníamos que pasar la parte estrecha del embudo.

Entre los acantilados de Dover, en Inglaterra, y el de la Gris-Nez (la nariz gris), en Francia, no hay más que treinta y un kilómetros. Es un callejón de los mares tan transitado como la calle de Alcalá al desembocar en la Puerta del Sol.

El submarino se hartó de respirar antes de penetrar en el paso, se zambulló hasta casi tocar fondo, corrió como una platija y salió a darse otro banquete de aire libre al mar del Norte. Aún tuvo humor para descargar un torpedo en el costado de un vapor de ruedas que iba a Gravesend cargado de maíz, y por fin el último torpedo se lo dedicamos a un velero inglés con bandera noruega, que al vernos sin cañones en las torres, nos creyó inofensivos y nos disparó un cañonazo.

Habíamos agotado las municiones y sin cañones armados y sin torpedos no podíamos hacer nada.

El U tomó rumbo y llegó a un puerto que tiene un nombre muy enrevesado y que no lo escribo por lo mismo.

Desembarcamos; mandé un radiograma a mi familia. Tomé inmediatamente el tren y fui a Suiza. Desde Suiza vine a España.

RICARDO BAROJA

(Caricatura de Pellicer.)

# XVII

## FINAL

El teniente Smidt había quedado encargado de presentar mi diario a la central alemana.

Pasaron algunos días, recibí mi cuaderno, todo lleno de tachaduras, y una carta del teniente con dos fotografías. Una del mismo teniente y otra de una muchacha carirredonda y simpática. La carta del teniente dice así:

«Hamburgo, 14 de abril de 1916.

Queridísimo amigo:

Ayer me casé y adjunto le envío el retrato de mi mujer. A la comida de boda asistieron el comandante Von H, el doctor y otros compañeros. En la mesa había un sitio vacío, el de usted. Tenía su silla, su plato, su copa y sus cubiertos. Este sitio de honor estaba entre los que ocupaban el comandante y el doctor.

Durante la comida se recordaron tiempos pasados tristes y alegres, que hicieron asomar lágrimas y sonrisas.

Se brindó por Alemania, por sus aliados, por su triunfo, por el submarino U, por su comandante y por toda su tripulación; y, al final, el doctor cabezudo se levantó con la copa en la mano y gritó, con aquella voz terrible que usted ha escuchado tantas veces en la torrecilla: "¡Brindo por el señor español!", y todos nos levantamos y gritamos tres veces: "¡Hurra!".

Pasaré tres días con mi mujer y luego iré a Kiel para tomar el mando de un submarino.

Dentro de una semana, estaré cruzando el Atlántico con dirección a las costas de América.

Mi buque es mayor que el U, de modo que en él habrá una habitación mejor para usted.

Hasta la vista.

Smidt».

FIN

**Libros Mablaz** CLÁSICOS de Ciencia Ficción recuperados

LM
CLÁSICOS

http://librosmablaz.com/

**Libros Mablaz**

Narrativa — Relatos

/www.librosmablaz.com/